歌文集

# 命運

がべちゃん隊一行：ナイロビ駅の前で

ジャッカル

ヌーの大群：セレンゲティ国立公園

シマウマ：ンゴロンゴロ自然保護区

マサイ族の学校で

〈第 1 次アフリカ旅行 1987.8.7 ～ 18〉

マコンデの木彫

フラミンゴの大群：ンゴロンゴロ自然保護区

ロッジの玄関前に

キリンの親子：セレンゲティ国立公園

オルドヴァイ渓谷：タンザニア

大英博物館前で：ロンドン

バルーンサファリ：マサイ・マラ国立保護区にて

バルーン搭乗前

カンゲマの市場

マサイ村にて

〈第 2 次アフリカ旅行 1989.8.1 ～ 22〉

バルーンから撮影した移動するヌーの群：マサイ・マラ

ライオンファミリー：マサイ・マラ

ゾウが協力して何やら?：マサイ・マラ

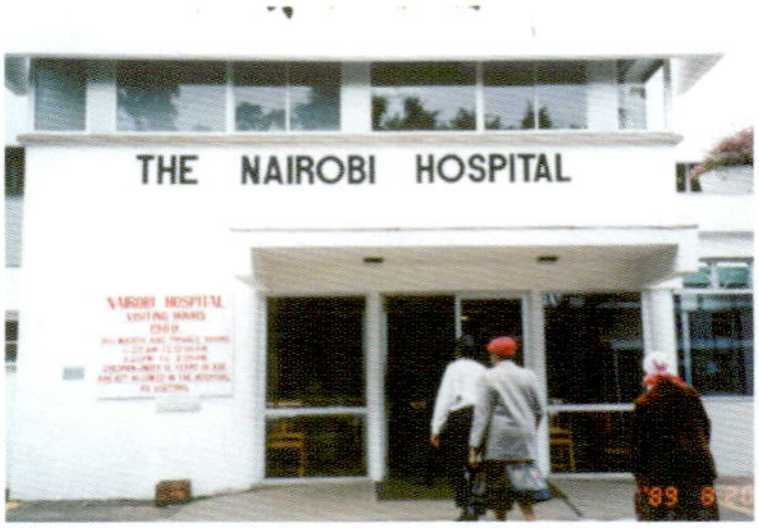

曽我部さんと吉原さんが手術・治療を受けたナイロビ病院&ICU

# ケニアの熱気球事故

# 7年の闘病記

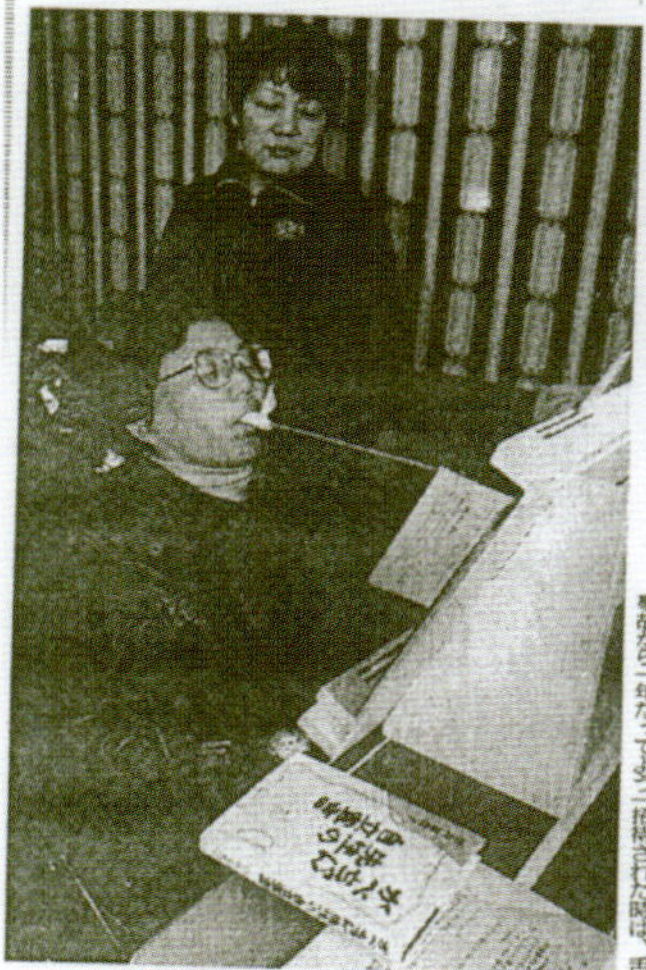

車いすでワープロに向かう曽我部さん
（尼崎市教育・障害福祉センターで）

曽我部さんは一九八九年〻、旅行中のケニアで乗った熱気球が着地に失敗。髄を傷め、ナイロビ市内の病院で一か月、帰国後は尼崎市内の病院で三年、入院生活を送った。当初は息をすることさえ苦しく、「頼むから殺して」と叫んだこともある。

事故から二年たってようやく、「この障害を一生、背負って行こう」と思い直し、学校の階段を上る方法や、車いすの動かし方などを考え始めた。このころ、心に言葉が浮かぶようになり、回復への熱い思いを、短歌に託すようになった。

この体ひっさげ向かう人生で
生きる喜び摑んでみたい

生徒の母親が介護に来てくれた。教え子の卒業式に招待された時は、舌で拍手を送った。生徒の励ましの手紙を読み、教壇に戻りたいと強く思った。

リハビリなどで苦…日に、心が揺れたこともあったが、「社会からの…

復職の辞令をも…

尼崎市教育・障害福祉センターで研修をしながら若草中で授業を再開。…度は十六時間の授業…た。板書などは、生徒…を貸してくれた。

闘病記は、口にくわえた棒でワープロのキー…し、昨年三月ごろから…ずつまとめた。…

「がべちゃん先生の自立宣言」

# 生きる希望再び

コスモスの揺れる秋の日子供らの
命と出会う勇気の授業

七年前、旅先のケニアでの事故で全身マヒの障害を負った兵庫県尼崎市立若草中学校の理科教諭、曽我部教子さん（…）（同市長洲東通…）が授業を再開するまでに回復、…本にした。短歌を織り込んだ…宣言」。教壇に立つことはお…望さえ失った女性教師に、…させたものは何だったのか…

誘われて小学校で授業をした。「子供は、こんなにか…

あけましておめでとうございます
今年も分院病院からのあいさつに
なりました。ここでの生活は変化に
とぼしいのですが地域での自立生活
を心に期して毎日がんばっています。
自立の時はよろしくおねがいします。

とべずとも心に望み抱きつつ
いきる日々こそよろこび来たれ

1992年 正月

ビデオ

# がべちゃん 今を生きる

―全身まひの命輝け―

どんなに重い障害をもっていようとも住みたい所に住め、行きたい所に行け、やりたいことがやれる社会・・・

そういう社会の中でこそ、一人ひとりの命が生かされ、輝きます。一日も早くそういう社会がくることを願って、このビデオを作りました。

2000年 初夏　　曽我部教子

1巻　40分 3.000円　　送料 390円

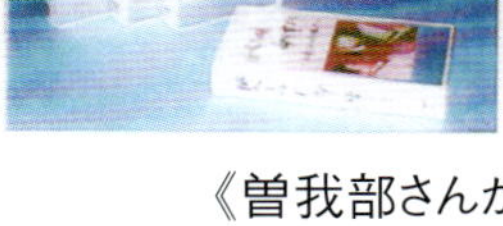

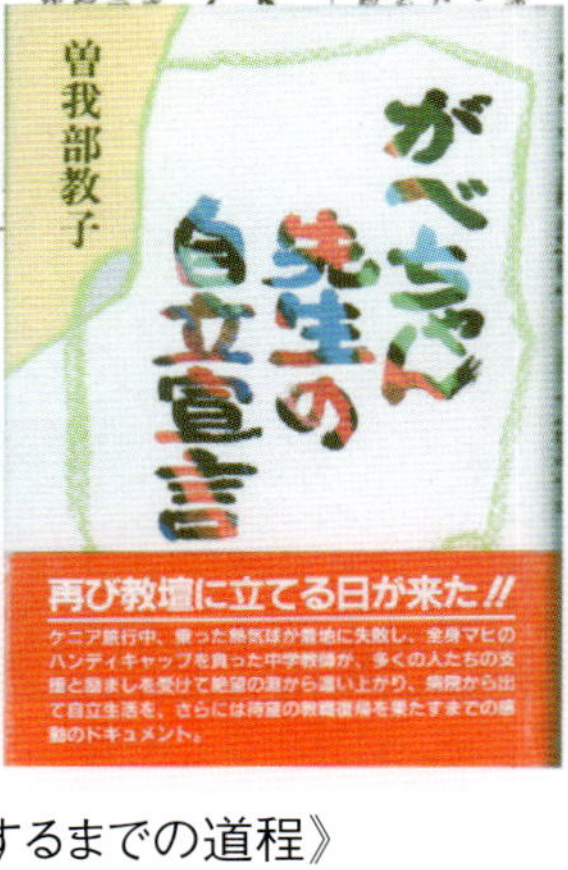


《曽我部さんが復職するまでの道程》

快晴の摩周湖

尻屋埼灯台

〈東北・北海道一人旅 1992.8.5 ～ 12〉

紅型工房

首里城正殿

「象の檻」遠望

立札

〈沖縄の旅 1987.1.2 ～ 5〉

カナディアン・ロッキー眺望

アサバスカ大氷河に立つ

ティリル恐竜
博物館前庭

カウボーイ村でランチ：カルガリー郊外

バンクーバー市街地にて

〈安河内功企画カナダ旅行 1997.8.13 ～ 22〉

南北軍事境界線：板門店（北朝鮮側から）

平壌市内へ

アイヌの石像：国後島

ピースボート（オリビア号:国後島沖に停泊

国後島上陸：ロシアの人々の歓迎を受ける

〈第38回ピースボートの船旅:北東アジア歴史航海 2002.8.15～30〉

もくじ

# 第一部

## 歌集　アフリカの大地にふれて

――友を偲ぶ――

## 真紅の旅券

一九八七年
第一次アフリカ旅行

リュックに詰めし旅程に着替えにチェックしぬ母特製の梅干しなども

腹巻を繕ひし後に母言ひぬ土産はいいから電話をかけよと

取得して幾度手にせし真紅の旅券わが枕辺に置きて眠りぬ

己が生き方を変へむと念ひ未知の国遥かアフリカへ旅立たむとす

ナイロビ

朝まだきナイロビ空港に降り立ちて銃持つ兵士の無表情を見ぬ

街角に義足の脚を投げ出して物乞ふる老婆人群の中

ペンキ剥げ泥に汚れし密集家屋車道を境に高層ホテルより

ボールペン髪に差して得意気に合唱指揮するマサイの青年

写真撮る旅行者我に寄りて来て物乞ふちぢれし髪の子供等

セレンゲティ

おぼろなるだるきからだに荷を背負ひ赤き大
地の国境越えゆく

整然と霧立ち渡る草原を列なしてゆくヌーの
大群

シマウマの草喰む園に寝転べば生きて吾が居
ることのいとほし

アカシアの葉を喰むキリンいういういうと歩み始
めぬ夕日の中に

神に背きて逆さにされしといふバオバブの太き幹に寄りて憩ひぬ

湯の中にあばら骨見ゆる吾が胸にしばし掌を置きて故郷想ひぬ

一面の草原を焼きて立ち上る煙消えゆく澄みに澄む空

オルドヴァイ渓谷

晴れ渡る空のそくへの草原に山脈映ゆる蜃気楼を見つ

ま近くに人類発祥の地を見たり二十年前よりあくがれし地を

人類のはるか祖先の住みし谷に息を潜めて降り立たむとす

人類の遥か祖先の頭骨の出でし地層にふれてゆきたし

土埃たまりし暗き館内に鈍く光りぬ人類最古の歯

## 夕べの虹

緑濃き木々の梢に夕べの虹かかりたる見ゆナイロビの街

雨降りて夕近づくナイロビの街祈り捧げる媼に遇へり

寡黙にて行為する人の尊さを物資貧しき国で
学びき

地の子午線　　　　　　ロンドン・グリニッジ天文台

先生が子供の如く飛び越えしといふ地の子午
線を我もゆきて越えむ

ロンドンの街をながむる丘の上の地の子午線
に跨がりて立つ

すずかけの木陰に友と寝そべりて行き交ふ男女をうらやましく見ぬ

## 隔離

備南隔離病舎大樹荘

おもふこと成し遂げむとはやれどもわが身常ならず行きがてぬかも

向日葵の花衰へし宵の空清かに照らしぬ上弦の月

小夜ふけて苦しき床より起きたればほろりそろひて花散りにけり

友は今研究に励みてをらむ病院の屋根はるかなる空の下に

風去りて月影さやかに差し来たる病の床にひとり寝るかも

夏日浴びし向日葵は大き実を結びたわめど己が病ひ癒えずも

かねてより思ひしことの叶はずに萩の花咲く
秋になりけり

今もなほ

苦しみてアフリカ旅行記書きたれど読む人の
なく箱に終ひぬ

今もなほ夢に見るかな夏枯れのサバンナをゆ
く像の一群

一九八九年
第二次アフリカ旅行

カラチ

莫蓙と傘を脇にかかへしアラビアの巡礼者の
列に我も加はる

汗と埃にむせしアラブ巡礼の群寄る空港に一
夜明かしぬ

打ち壊れし石塀の側の木陰にてひたすら拝む
彫深き老人

アラビア海の広き砂浜に友と乗るラクダの背に聞く蛇遣いの笛

笛の音に籠より出で来るコブラ見ぬアラビア海岸広き浜辺に

原色の彩り鮮やかな絨毯の所狭しと吊るされてをり

独立と自由を求めて闘ひし兵士の銃にまざまざと血痕を見る

カンゲマ

緑濃き山間の道を登りゆき色あざやかな市に着きたり

市の立つ山の斜面はぬかるみて裸足の処女らはなやぎてゐる

雨止みて賑はふ市場に野菜買ふ友の英語の発音あかるし

バルーンサファリ

マサイ・マラ国立動物保護区

定めたる時ある如く今日もまた地にとどろきて渡る遠雷

ホタル火の飛び交ふ丘に今宵寝む明日乗る気球に胸ふくらみて

鎮まりし暁の空を破りたる気球離陸直前の火焔

バーナーより出づる火焔と熱風にたちまち気
球のふくらみ始めぬ

バーナーより出づる火焔の激しくて心踊りぬ
気球の旅に

静まりし黒き大地に朝あけて我らが気球の飛
び立たむとす

あくがれし気球に乗りてマサイ・マラ動物サ
ファリの時は来たりぬ

気球より見下ろす大地に草を喰む幾万頭のヌーの大群

野火跡に

衝撃音激しく頭に身体に三度打ちバスケット逆さに引き摺られゆく

逆さになり引き摺られてゆくバスケット野火跡に出でし岩を擦りつつ

このままにと襲ひし恐怖の十数秒バスケット
逆さに岩乗り越えて

暗闇に朝の明けるを待ちまちて乗りたる気球
の分かつ命運

配線の露になりし無線機でクルーは送信する
幾々度も

眼を閉ぢて息弱き友の待ちに待つナイロビよ
りのフライングドクター

昼になりやうやく着きたるフライングドクター友に触りて首横に振る

花咲く丘を

安らかな友の寝息の聞こゆるに悲しみ深き報告書を書きぬ

朝な朝な草刈る黒き処女児に声をかけむとホテルを出づ

悲しみと怒りの中で夜を徹し書き上げたりき
熱気球事故報告書

朝な夕なジャカランタの花咲く丘を越え首折
りし二人の友を見舞ひぬ

朱色の石

汚れたる狭き事務所の薄壁に西日漏れ来て交
渉の始まる

日の昏るる丘をめざして草原を後先になりて親子馬かけゆく

ンゴングヒルはるかに見ゆる草原に豊かに艶やかに二羽の駝鳥

人類の生まれてはるけき大地溝帯に降りて拾ひぬ朱色の石

限りなき積雲の間に澄む空よ友の生命を救ひ給へな

## 夕陽の中

生き死にの狭間の中の友二人残して発ちぬ帰国の途に
やるせなき怒りを残して飛び発ちぬ夕陽の中のナイロビを背に
機の窓に白き家家夕日にあかく映ゆるを瞼にナイロビを去る

## 夏過ぎて

夏過ぎてやうやく帰国せし友の動けぬ人にな
りゐるに会ふ

かの朝は暗き道ゆき待機しき気球に乗らむ胸
ときめかせて

楽しみて気球に乗りし曽我部さん動けぬ人に
なりてしまひぬ

五ヶ月が経ちて今なほ仰向けに人工呼吸器付けてゐる友

窓越しにリハビリ受ける友を見てはるけき国の事故を憎みぬ

事故に遭ひ友の命を救はむと掛け合ひし会社より旅行案内の来ぬ

一九九〇年

極地研白馬集会後

## コマクサの花

青春を登山に賭けし友の靴借りて登りぬ白馬大雪渓

ゆきゆきて白馬雪渓ふり向けば先生はピッケルに凭れて居りぬ

剣岳立山鑓岳前穂高雲海はるかに富士の見えたり

岩岩を踏み越え下り綿すげの白く目にしむ湿原に来ぬ

痩尾根の少し下なる砂礫中かたまりて咲くコマクサの花

霧晴れて礫地に見ゆるコマクサの花の紅淡々しかり

急峻なる岩渕に咲き一早く朝陽を受けたりチシマギキョウは

## いつの日か

吾が掘りしビカリア化石を真綿に包み友の見
舞ひに持ちて行きたり

いつの日か教壇にたつ夢叶へむとリハビリに
行く友を送りぬ

一生をかけても治癒する傷にあらねど友の生
命は我を励ます

一九九一年

## 夏来れば

事故に遭ひ一年経てど回復の兆しなき友病院を追はるる

夏来れば星降る丘に待ち待ちて気球に乗りしかの日おもひぬ

星の降る丘に登りて友どちと朝を待ちまちて気球に乗りき

生と死の狭間にありて指示したる友の意識の
明瞭なりき

寂しき昼

一九九二年
高橋金三郎先生の死を悼む

誰も見ぬ真の自然を求めゆき命落とし給ひし
高橋先生

雲切れて星美しく輝くにひとり先生の逝き給
ひしか

先生と共に登りし戸隠十勝最後となりし白馬大雪渓

鬼の岩場をひよいひよいと踏み越え給ひき高橋先生七十五歳とは思はれず

散り初めし欅並木に雨の降る寂しき昼に永遠の別れを

遠白き蔵王を背にして大根の黄ばみたる山畑に雪ふる

ゆで卵

面白山遊仙峡遭難跡

残したるメモを頼りに訪ふ人無き峡の奥路を友と辿りぬ

やうやくに辿り着きたる遭難跡に清しくひびく風鈴の音

絶え間なく水滴落ちる谷川の遭難跡に茹卵いくつ

滝つ瀬の音冴する山峡に人知れず先生の死に
給ひしかな

沢鳴りの清しき音する谷川に命落とし給ひし
先生を想ふ

なにゆゑに死に給ひしか高橋先生訪ふ人のな
き山峡の奥に

自然とともに

融けし雪の再び氷りたる道を友と参りぬ先生の御墓に

先生の御墓に彫られし自然とともにその御心の厳しく清し

新車に乗りて

東北・道南一人旅

寝袋とキャラバンシューズをわが新車に載せて走りぬみちのくの旅

陸奥の山深き里に開きける大茅葺の禅寺に来つ

寺庭の濁りし池に日のこぼれ睡蓮の花白鮮やかに

苔むしし老木茂るその奥に明るくやさし茅葺の御堂

蝉しぐれふれる木下にあぢさゐは君をし想ふ深き紫

川の瀬と磯の波音響き合ふ岸辺に座りぬ日の落ちるまで

たゆたかに海に入りゆく北上の岸辺に茂る広き葦原

カラカラと踏めば鳴るみちのくの白き浜石二つ拾ひぬ

大方は見分け難かり羅漢像苔むす谷の岩に彫られて

飢餓の民を救はむと彫られし五百羅漢蜩の啼く谷に崩れて

湯けむりの白き道沿ひ音のなく回る風車に誘はれてゆく

赤に桃に色は褪せども瞼に残る白き岩間に回る風車

かなしげに懐かしくおもふ風車時に止まりて折に回りて

恐山の奥に鎮もる蒼き湖虚空を映して漣絶へず

海峡の寒き風吹く下北《きた》の果て牛と馬と草を喰みをり

最北の岬おぼろに霧の中鼻筋白き寒立馬二頭

道南をゆく

どこまで続く

中学で学びし鉄の街室蘭先づは行こう地球岬へ
そそり立つ険しき絶壁断崖のどこまで続く遥か海原

## 昆布干し

断崖の窪地に安らふキタキツネ風吹く襟裳の
残照を受けて

夏日照るえりもの浜に子供等も昆布干しをり
幾筋も幾筋も

夕映えの雲筋をなし流れゆく襟裳を後に釧路
へと向かふ

緑明るき湿原はるかに見ゆる丘思ひ出づるは
サバンナの事故

澄みに澄む碧き天空映して湖は波一つ立たず
カムイヌプリを

夏なるに早や紅葉せる木々の枝透かして湖は
澄みし藍色

霧深き湖畔の宿よりぶらぶらと歩けば熊彫る
翁に出会ひぬ

白鬚に意外と艶ある皺多き翁の手より丸々木
彫りの熊を

峠を下る

昂ぶりて我に聞かせし美幌峠に時経て来ぬれ
ば霧雨のなか

屈斜路湖知床連山硫黄山霧に見えず峠を下る

心地よき響きを耳に石狩川沿ひて木漏れ日清かな渓谷《たに》に

自転車に乗りて巡りし山峡の流星の滝銀河の滝を再び

樹々高くみどりは天に伸び行く渓谷我一人長く滝を見てをり

トリカブトの花を教へて呉れし君その深き藍今も瞼に

多喜二の碑読みつつ見下ろす運河の街悲しみ
深くに消ゆる如くも

かつて見し劇を記憶に啄木が勤めし日報社
探して歩きぬ

駒ヶ根高原

黄葉せる落葉松林の奥の空に新雪抱きし駒ヶ
根の峰

雷雨去り白樺黄葉の朝の湖さやかに映る駒ヶ根の雪

落葉松の黄葉散りゆく山の道曲がりまがりてバスは登りぬ

生きる証に

極地研十二月学習会蔵王高原荘

生きる証に復職願ふ四肢麻痺の友の授業の明解なりき

会ありて雪の蔵王に来し友の夜眠らずと聞けばかなしも

一九九三年

## 復職

厚き苔生ふる水掛けお不動さん祈る処女に香の煙りぬ

朝明けの歓楽街の路地の奥香の清しき不動に祈りぬ

四肢完全麻痺最重度障がい者曽我部さんの復
職叶ふと友より電話

遺跡の丘

山を背にそよぐ稲田を下に見る吉野ケ里遺跡
に今立ちにけり

脊振山はるか背にして王墓あり一際高き丘陵
の地に

願ひ来し遺跡の丘に風清けく霞みて見えず有
明の海

一九九四年

白苔の上

大山三泊

志賀直哉の泊りし山房に恋ひ来れば飛び石を
覆ふ夏草の群

志賀直哉ゆかりの宿は荒れしままに夏日照り
継ぎ白々と見ゆ

山房を支へし副木に夏日照りアキアカネ止りぬ白苔の上

夏若葉朝の光に透きて映ゆ暗き岩戸の狭間の上に

水枯れし白き谷より仰ぎ見ぬ大山北壁紺碧の空に

夕暮れて蜩の声谺しぬ人影の絶えし石畳の道

一九九五年

千首を超えて

私のはもたもたしてと曽我部さん千首を超えて歌詠み継ぎぬ

事故に遭ひ動けぬ身体の五年過ぎ友の歌集出版の記事

四肢麻痺のままに歌詠む曽我部さんの歌集出版の記事を喜ぶ

二月

阪神・淡路大震災後

灘—住吉を歩く

ビルの谷間の木造家屋のもろもろはもろく崩れて瓦礫の山に

新しき家の狭間に倒壊しガレキと化したる文化住宅

工事の音止みて静まる被災地のゆがめられし街は落日の中

板を立てダンボールで囲ひし仮の家漏れ来る声の澄みて明るし

道路にビルに亀裂は走り破壊されゆがみし街を黙し歩みぬ

篠山イノシシ学会

生徒等に見せてやりたし猪の頭骨標本美しくして

肉を剥ぎ神経を除きて骨を洗ひうまく出来たり牛骨標本

二つ三つと頭骨標本作りきて意識変りぬ篠山屠場に

再び神戸へ

瓦礫となりし家一切を片付けし後の空地に木蓮の花

三月

崩れしままの家の空地に焚火する人をよそ目
に猫のうろつく

薄紅の辛夷の花咲くこの家も崩れしままに雨
の下なり

芽吹きたる梢の下の避難所の青きテントに夕
陽差し来ぬ

あかあかと明りの点るテントより夕餉の匂ひ
談笑する声

一九九六年

## 辞令

中学生四十人を対象に車椅子の友の明解なる授業

環境制御装置に囲まれて自立をめざす曽我部さん電話の声のいたく明るし

肺活量三分の一となりし友の息吸ふ音を受話器に聴きをり

障がいを受け入れ乗り越えて授業する友に職場復帰の辞令ありしとぞ

心静めて

損害賠償請求裁判(一)

父母は先に眠りて静かなり心静めて訴状を読む

野火跡に倒れし友の映像を七年経ちて相共に見ぬ

サバンナの広き野火跡に横たはり動かぬ二人
の友の映像

生きてあるマヒの友に励まされ力にならむ勝
訴めざして

六月
中村敏弘先生と

雨上がりの湖

桃太郎伝説残る鬼ヶ島はあの小島か北国に住
む先生と探しぬ

教壇に立つ夢叶ひてひたすらに生徒に教へし
干拓の地に

夢いだき通ひ渡りし堤防に先生と光る海をな
がめぬ

梅雨晴れて夕日差し来る瀬戸の海先生は目を
細め眺めて居られぬ

やはらかき夕日かげ光る雨上がりの湖に魚跳
ねるを先生と数へぬ

神に求めず

四肢マヒの友に付き添ひ分かり来ぬこの国の
貧しき福祉社会

二晩を眠れずといふマヒの友の半生を聴きぬ
雪降る街に

質問する老女に答へるマヒの友は救ひを神に
求めずと

北の国遠く来たりて発表するマヒの友の生きる証に

一九九七年

損害賠償請求裁判㈡

記憶手繰りて

四肢麻痺になりたる友を思ひおもひ記憶手繰りて書き綴りゆく

見過ごしゐし英文現地旅程表に書き残してあり熱気球事故と

英文の日程表に残る文字を見れば再び悲しみの湧く

七年前のメモに記憶をたぐり寄せ書き上げたりき公判報告書

あかあかと夜空を焦がして浮かびゐる色鮮やかに熱気球の群

熱気球ガスバーナーの音聴けばかなしくもなつかしきサバンナ飛行

安らけくサファリを語るマヒの友人類進化世界地図を前に

認識の浅さ

乙第十五号証被告会社に有利なる八年前の我が自筆記録書

認識の浅さゆゑかな動かし得ぬ裁判不利の我が事故報告書

心静めむと用紙に向かひて筆持てどまた立ち
歩きぬ悔しさ増し来て

家族らの寝静まりし夜半我が名のある被告側
書面を丁寧に読みぬ

小学校教員我を科学者に仕立てて反論する被
告弁護士

## 判決

結審の日を伝へくれたる友の声力無ければ心落ち着かず

結審日の決りて整理する諸文書の中曽我部さんの撮りし気球前の写真

怖れつつ電話をかければ淡々と敗訴の判決を伝ふる友は

敗けましたと一言話す曽我部さんに黙してしばし受話器を離しぬ

一生をマヒで生きるわが友に一分足らずの敗訴の判決

敗訴判決文に我が名のあれば心引き締めて繰り返し読みぬ

精一杯書き上げたれど敗因の一つになりしか我が現地事故報告書

生命担がれて九年を生き来し曽我部さんの裁
判終るともマヒは治らず

自己批判

四肢マヒの曽我部さん今年も発表しぬ自己批
判厳しき実践報告を

介護されて牛の眼玉を生徒等と解剖実験する
麻痺の友の

空青けれど

夏日照り薩摩の空の青けれど灰にくもりて淡き桜島

磯庭園五葉の松蔭に汗ぬぐひ友の育ちし桜島を見ぬ

淡々と灰に霞みし桜島裾野広々と錦江湾へ

二階級特進すれどむなしかり特攻兵の死して還らず

開聞よ母よさらばと往きし兵千名を超え八月十三日もなほ

レプリカの金印買ひて白き街を汗垂らして探しぬ防塁の跡

街中に松林狭く区切られて土と石盛る防塁の跡

八月

カナダ旅行

カナディアン・ロッキー

諦めしマヒの友に見せたくて車窓より撮りぬ
カナディアン・ロッキー

バンフよりジャスパーに向ふバスの中息飲み
て見るカナディアン・ロッキー

果てしなく連なる巨大な岩の山雪被りしあり
氷河迫るあり

目まぐるしく迫り去りゆくロッキーの険しく
美し雪の岩山脈

氷河に立つ

両岸は切り立つ荒き岩壁もゆるく豊かにアサ
バスカ氷河

段を積み押し寄せて落ち来る氷の滝を眼の前
に見ぬ大氷河の上

朝の光に雲晴れてゆく空の果て氷河谷川きらきらとして

澄む空に真白く広がる氷河の上をきらめき流れる雪解けの水

わが背丈ある分厚き車輪の氷上車に女性ドライバーの声に乗りぬ

クレバスに落ちた人ありとガイドに聞く氷原をゆく人々見つつ

チター奏でる

雨霧の煙る樹々中古城の如く建つ宿のうるはし疲れ癒さむ

音立てず湖ゆく小舟に迫り来る地殻変動狂ほしき岩壁

霧深き湖を窓辺に休みをりチターの奏でる曲を聴きつつ

レイク・ルイーズその名麗し緑の湖に雨の波
紋の広がりゆきぬ

レイク・ルイーズ雪解け水の流れ出る岩場に
ひそとリス現れぬ

飛沫激しく滾り落ちれば青々と水を湛えて流
れゆく河

幌馬車に乗る

遠はるか雪を抱きしロッキーの山脈を背にウエスタンカウボーイの村

朽ち錆びて軋み激しき馬車なるも乗れば爽かな微風の中

たびらこの花咲く原に朽ち錆びたる幌馬車のあり蝶舞ひゆきぬ

起伏ある畑中に建つ囲ひなき木造家屋はイン
ディアンの家

家を売りてキャンピングカーで旅行すると現
代カナダ老人の夢

恐竜の谷

果てしなく広がる緑の麦畑に夢まぼろしか荒
涼たる大地

目覚めれば現れるかに恐竜の栄え滅びし砂漠地の中

よくもまあ蒐集《あつ》めたものか恐竜の骨格標本ずらりと並ぶ

ガラス越しに息殺して見る恐竜の化石復元作業の現場を

中世代ジュラ紀に迷ひし淋しさに囚はれて冷めしハンバーガーを食ふ

恐竜の栄え滅びし谷間の雨くらく降る町に来
たりぬ

恐竜の滅びし谷の町に来てアンモナイトの化
石を買ひぬ

荒涼たる谷に雨のしよぼ降る中黄の鮮やかに
花の咲きをり

恐竜の谷を見下ろす砂礫地にのつそりと動く
バッタ一匹

崖下にみどり繁れる盛土ありバッファロー数多転落させし跡

## 太古への夢

海はるか越えて来たりし恐竜の街で求めぬアンモナイト化石

太古の生命に触れる思ひに我買ひぬずつしりと重きアンモナイト化石

剥離して条線粗きアンモナイトに止どめ残りし成長の跡

両手大のアンモナイトを求めし夕べ飽かず触りぬ縫合線跡

気に入りし化石を手にして雨しげく降る恐竜の町と別れぬ

## 市場に、広場に

障がいのあるなし何の関はりなく人々市場に
集ふ楽しく

車椅子を自ら運転して野菜を買ひさつさと街
に出で行く婦人

街中の市場に広場に談笑する車椅子の人々い
たく自然に

明るき渓谷

雨霧の覆ふに明るき渓谷の鮭孵化場にバスは
降りゆく

ひるがへり堰を登りし鮭一尾緑に映ゆる水中
に消ゆ

廃れたる石炭採掘場に霧立ちて擦り汚れし鉱
夫の靴浮かび来ぬ

雪の蔵王

雪深き遠き蔵王に先生を慕ひて学び来二十歳のころより

降り積みし雪の蔵王のはるかなり雪山を愛しし先生も亡し

一九九八年

湿原の花

夏草の繁る沢蔭よく見ればシラヒゲソウの花の咲きをり

薄暗き林を抜ければ沢渡る風にゆれゐる鷺草の花

最高裁上告却下

事故に遭ひ七年をマヒで生き来し友のまたアフリカへ行きたしといふ

一九九九年

頸椎損傷全身麻痺になりたる友に高裁敗訴十数秒の判決

芽吹きたる柳に粉雪舞ふ朝に最高裁上告却下の知らせ

最高裁上告却下となりしマヒの友の心を思ふわが非力にして

二〇〇二年

山霞む

マヒとなり十二年を生き抜きし友は再び人工呼吸器に

マヒの友を見舞ひてながめぬ春の山霞む裾野に早桜花

高原の草に寝転び見る空のかなしきまでに澄み透るなり

二〇〇三年
七月十一日
曽我部教子先生逝去

# はるかなる夢

はるかなる夢を抱きてサバンナの朝明けの空
に飛び発ちき友

事故に遭ひ幾度死線を越えて来し全身マヒの
友は柩に

梅雨の雨降る街中を音の無く友の柩の消えて
ゆきたり

## 木の葉石

佐渡に来て探し当てたる木の葉石夏草蔭の白き露頭に

手に取ればいと軽きなり木の葉石太古の枯れ葉をそのままにして

木の葉石を手に持ちて見る蒼き海おだやかなりき遠き果てまで

# 欲望

地の底に金を求めて掘りゆきし欲望逆巻く穴の数々

冷え冷えと霊気漂ふ坑内に不気味に動く金掘るロボット

手に持てば欲望の湧く艶やかな金の延べ棒ずしりと重し

手に持ちて裏に表に返し見る慶長小判の目の
眩む艶

二〇〇四年
細谷純先生宅訪問

喜びの声

返事さへ困難と聞きしに今日会へば先生のや
さしき喜びの声

立つにさへ危ふげなりし先生が玄関に出でて
見送り給ひぬ

北国の会に学びて幾年月今年また見る真白き
蔵王

南の国　　　　　　　　　　高橋金三郎先生を偲ぶ

我が街を南の国と書き給ひし葉書に残る先生
の文字

実践のなき者は用の無しと眼鏡の奥より睨み
給ひし先生

会果てて心ゆくまで歩きたり先生の暮しし杜の都を

曽我部教子先生一周忌

## 天職

マヒの友途切れとぎれに絞り出す声澄みて明るき理科の授業

口で打つキーボードの音の軽やかなりセンターで働く麻痺の友の

車椅子で全身マヒの友の授業を受ける生徒ら
朗らかなりき

天職と語りて再び教壇に立つを果たししマヒ
の友逝く

桜吹雪の中をひたすら進みゆく教職復帰の車
椅子の友は

二〇〇五年

教師一途に　　　　安河内功・和子先生御夫妻ご退職

管理職の道を拒みて生徒とともに君は現場の
教師一途に

君の発行せし学級通信一年分五センチを超え
てなほ付録あり

三十年近き歳月従ひて学び来たりし君は遥か
に

いよいよに君が退職迫り来ぬ長き交はりなれ
ばさびしも

## 千羽鶴

閉ざされて時止まりたる地下の壕枕木跡の闇
に続きぬ

敗戦後六十年の今になほ壕にロッドの突き刺
さりしまま

壕を塞ぐ鉄扉にかけたる千羽鶴削岩荒き闇に
ひつそり

壕出づれば我に返る心地して改めて見る朝鮮犠牲者追悼平和祈念碑

二〇〇六年

ニレの木陰

疲れしに訪ね来りし北の街ニレの木陰の風のやさしも

闇に明かりの幾万輝く北の街誰れ知る人ぞなくて安けし

## 藍の煌めき

風凪ぎて真夏日強き岬に見る和泉さん歌ひし
オホーツクの海を

折り折りに和泉さん詠み来しオホーツクの海
は鈍き藍の煌めく

空分けて遥かに広がるオホーツクの海渡る風
に蝶ひらひらと

風騒ぐ潮

約束せし君と語りき知床岬はるか歳経て我が
ひとり来ぬ

荒々と潮騒ぐ岬の真向かひに横たはりて青く
長き国後

海に落つ滝水近くの岩場に若きヒグマ現はれ
餌を漁るらし

国後の真近く見ゆる知床の岬に来ぬれば風騒ぐ潮

オホーツクの涼しき風に舞ひ降りて波間に漂ふ白鳥かなし

細谷純先生ご逝去

いつまでも

友と見舞ひし冬の日差しのあたたかき先生の部屋でしばし語りき

立つにさへ不自由なるに先生は壁を伝ひて見送り給ひき

いつまでも見送り給ふ先生に大きく手を振り急ぎ別れき

教へを胸に

方言の飛び出す授業が良いのだと諭し給ひき細谷先生

二〇〇七年

人類皆障害者といふ先生の教へを胸に今に教師を

先生を語る集ひにはるばる来て遺影の笑顔さびしかりけり

さびしさの募りて見上げる冬の星先生を語る会の終りに

尾　瀬

会終へて友と来たりぬ尾瀬ヶ原疲れし脚も軽やかに

刻の来てぬるみし池塘にヒツジグサ開きて涼しき風渡る尾瀬

足元の葦の葉先に止りゐるハッチョウトンボの深き紅

たをやかにふくらみて立つ至仏山真澄の高空雲一つ無く

湿原を越えて険しき山の径友を頼りに鎖を持ちぬ

湿原に燦燦と降る日の光を浴びて輝く一つ白樺

白樺の若木まぶしく揺れてゐる葦原あをくさざめく中に

拠水林抜ければあをき葦原の果てに迫り来燧ケ岳は

出ることの叶はぬ君に尾瀬に咲く花を描きて
見晴ポストに

平らかなる池塘に逆立つ至仏山澄む高空の青
を映して

尾瀬木道歩みを止めて友と見ぬ池塘に泳ぐア
カハライモリを

刻の来て花を開きしひつじぐさアカハライモ
リの泳ぐ池塘に

はるかなる至仏に向ふ木道に影を落として黙し歩みぬ

右に至仏左に険しき燧ヶ岳風起こりてゆれる湿原を行く

ウスユキソウ

目覚めれば霞みて青き鳥海の山裾広し遊佐の町行く

二〇〇八年

学びてより心に掛かりし鳥海山遥か時経て今眼の前に

水音の澄みて幽けく響く谷身を乗り出して奥を覗きぬ

ぎらぎらと照りつく賽の河原辺に揺れて清らかにウスユキソウの花

友どちと山頂ながめつ憩ふ湖さざ波起こりて雲うつりゆく

霧晴れて風渡る広き沢の原ニッコウキスゲの
群落に逢ふ

地図に見る万年雪はここならむ融けゆく水の
湖に注げる

もぢずりの花続きたる路の果て赤き夕陽の海
に入りゆく

出逢ひ橋

再びの雪降る松島目にやさし雄島福浦忘れ得ぬ人

雲切れて光燦々外海の松島かげを小船行き交ふ

嶋巡る船より下りて再びの雪降る中を出逢ひ橋まで

嶋廻りて再び雪の降る中を便りを書きし茶店に憩ひぬ

二〇〇九年

おろおろと

我が育てし蚕の二倍はある蚕桑の葉喰ひをり繭倉庫跡

濃く淡く霧のまつはる屏風岩を仰ぎて友と妙義に入りぬ

おろおろと鎖岩場を越えゆけば霧こもる沢のみどりの清し

石門をくぐれば奇岩岩壁霧かすみかなたに見ゆるは下仁田の街か

傷つきし画布

山裾に続くのどかな田園地帯を抜けてやうやく無言館へ

木戸開ければ梅雨蒸す空気の淀む中戦場に逝きし画学生の塑像

館内の梅雨むす空気の纏はれど意識は冴えに
冴えて絵の前

初々しき新妻ヌードのデッサンのあり戦没画
学生慰霊の館に

振り返れば剥落損傷激しくて亡霊の如き飛行
兵士の絵

日の傾き光届かぬ山陰のドーム一面に傷つき
し画布

傷つきし画布のドームの息詰りて急ぎ出でたりオリーブの庭に

二〇一〇年

野尻湖

野尻湖が心に掛かりて幾年月湖騒ぐ岸に今日は立ちたり

湖渡る風を背に受けて仰ぎ見る空青く高く妙高の山

白樺林を抜けて明るきへリポートの玉石に咲
くもぢずりの花

二〇一一年
東日本大震災

変りなき声

我が親しき宮城の人岩手の人如何に居ますか
大地震襲ひて

機上より見慣れし名取の街に住む友どち如何
に波呑みし地に

三十年超えて通ひし仙台の青葉通りのビルに
亀裂が

被災せし仙台の友の明るく語るプールの水を
飲み水にせしと

ヒビ割れし壁も倒れし食器棚も直せば良しと
友の明るし

大地震に遭ひし先生の変りなき声聞けば安け
し眠りに就かむ

時々に届け給ひし先生の淡彩画葉書の百枚を
超しぬ

壺の碑

壺の碑辺をぐるりと巡りて刻まれし文字一つ
一つ読むは楽しき

千年を超ゆるに我が目に読み易き壺の碑文の
端正にして

雪残る政庁跡の築地塀散り敷く赤き花びらあはれに

六月坂といふ名に魅せられて多賀城跡北辺の里を訪ねぬ

のろのろと

暗闇の被災地照らす信号灯バスは音無く通り過ぎゆく

停留所に駅名付けて被災地を代行バスののろのろとゆく

堅き雪降る被災地をショベルカーのひつきりなしに動きて居りぬ

涼やかに、枯れ松に

ただ一本残りし奇跡に松の啼く時折り強く吹く夏風に

二〇一二年

復興の祈り託せし風鈴のゆるく激しく軒下に
鳴る

やさしかりあかなしかり涼やかに高鳴る陸
前高田の風鈴

復興を念ひて掲げし黄のハンカチ町失せし浜
にはためきてをり

浜に倒れし枯れ松の木にカラス来て辺りを見
回し飛び去りてゆく

# 一九九七（平成九）年

## 首里城　沖縄探訪

池端のデイゴの太き幹に寄り日に耀ける首里城を見上げぬ

かげくらき首里城壁に茎長く黄の艶やかに石蕗の花

首里正殿への坂に聞こゆる谷茶前心踊りて急ぎ登りぬ

大小の龍柱龍頭棟飾り龍に守られし首里城正殿

手榴弾の痕

海のぞむ陽光照りつく丘の上白き慰霊之塔の目にしむ

半世紀を隔てて残る自害せし幕僚室の手榴弾の痕

朽ち果てし柱残れる兵員室に立ちて眠りしといふ下士官らの絵

核シェルター

木の陰に米軍グッズを売る者あり基地を見渡す小高き丘の上

サンパウロの丘と呼ばれし高台より見れば広々と嘉手納飛行場

倉庫かと思ひし我の後ろよりあれが核シェルターだねと言ふ声聞こゆ

よその国と思ひて居りし核シェルターを眼前に見ぬ嘉手納の基地に

象の檻

脇坂を登れば一面緑なすさたうきび畑に鉄塔の檻

ゾウの檻と呼ばれる米軍楚辺通信所さたうき
び畑の台地に巨大に

さたうきび畑広がる丘に立つ米軍楚辺通信所
「象の檻」異様に

門衛の目を気にしつつ「象の檻」少し離れて
写真に撮りぬ

小さき魚たち

鄙びたる残波の浜の食堂にただぼんやりと流れゆく雲を

残波岬の荒磯に立ち藍深き海へダイビングするは米兵らし

やるせなき思ひを胸に基地を去りサンゴの生きる海に来たりぬ

波静かな淡き緑の海に住むサンゴの中の小さき魚たち

夕暮れて

夕暮れてほの暗き木々の奥に見ゆ座喜味城跡
アーチ型門

アーチ門くぐりて高き城壁に上りて夕日の海
に落ちるまで

夕暮れて座喜味城跡来てみれば「象の檻」見
ゆ雲光る中

## 二〇〇二（平成十四）年

八月

第三十八回ピースボートの船旅
――北東アジア歴史航海――

### 出航

それぞれに見知らぬ人人さまざまに集ひて五色のテープを投げぬ

虹色のテープ乱れ切れて舞ひ汽笛はこだます六甲を背に

千珠万珠の島影淡き周防灘波騒ぐなかを太笛鳴らして

潮流のいや増して騒ぐ海峡をゆつくりゆつくりと遡りゆく

壇之浦赤間の宮の水天門を瞼に残して玄海灘へ

元山港

赤錆びて人無き漁船の繋がれしままに四艘朝靄の中

突堤に列なして集まる子らの見ゆ朝日耀ふ波の間に間に

境なき海を渡りて朝日差す朝鮮《チョソン》の国に降り立たむとす

集まり来し人も子どもも浅黒く手だに振るなく見入る我等を

境なき海原はるか渡り来て再び降り立つ朝鮮の国に

軍服のボタンを外して帰りゆく日焼けせし兵士の重き足取り

民族の声

再びの平壌の街に赤白のパラソル立ててアイスを売りをり

広き道路に人も車も疎らにて緑豊かなる平壌の街

徒歩三十分以内に職場があるといふ街は車のなくて静寂

光差し朝霧晴れゆく大同江橋の上人皆黙し歩みぬ

平壌の夜の街中に人気無く少なきネオンのただに輝く

父母を愛し国おもふ心の純にして清らかなりし平壌外語大生

清らかに輝く瞳の奥に聴く国おもふ一途な民族の声

「好きな人は」と問へば顔を赤らめて「いますよ」と朗らかに女子学生は

強制連行従軍慰安婦離散家族今に耐へ忍ぶ恨の歴史を

巨大なる金日成の像の前素通りして急ぐ民あり

を忙しく

所どころ柳緑に囲まれて開城の家々のひつそりとあり

美しき家並を見下ろす岩の上若き男女のつつましくをり

## 分断の地に

較ぶべきことにあらねど朝鮮の離散家族は一千万を超すと

離散家族一千万を超すといふ南北分断の地板門店に聴く

一つ国一つ民族を二分するコンクリート障壁今ここに見る

我が国に向けられし銃を君如何にと問はれて
黙しぬ板門店に

侵略され恥辱に耐へ来し国なれば国守る礎は
強き軍隊とぞ

南鮮を韓国と呼ぶなら北鮮を共和国と呼ぶべ
きとガイドの金さん

窓越しに韓国兵士の顔覗くを横目に見つつ椅
子に座りぬ

我何を求めてここに来たりしか単に好奇心といふに非ずも

窓ガラス一つ境に覗き見る兵士の顔あり分断の地に

霧幻山映

白頭山全貌を仰ぐ三池淵に憩ふ若き兵士ら慎まし

霧中に兵士現れまた消えぬ白頭山山頂視界数メートルの世界

黄の花の小さく広く群れて咲く高原の向かうは中国の山脈

海の三十八度線

暗躍する日本の忍者を撲滅するビデオを見つつ元山に向ふ

漆黒の闇夜の海を煌々と照らす集魚灯あやに
怪しく

めくるめく楽しき北の思ひ出を胸に越えゆく
海の三十八度線

漆黒の海に白浪ざわめきて北緯三十八度線を
船は南へ

釜　山

中腹まで山を崩して林立するビルの谷間に密集家屋

近づけば排油の匂ひの息苦しネオン眩き釜山の港

人も車もただに忙しき釜山港感傷もなく船を降り立つ

時に吹く微風涼し長山山頂米軍通信施設監視小屋の中

山頂を囲みし鉄の網の辺に風にゆられて黄の花いくつ

サハリン

甲板に出でて見渡す後方に朝霧淡く竹島が見ゆ

錆びて久しき白き漁船の傾きしままに捨てありサハリンの海

岸近き海に傾く廃船いくつ黄金に輝く夕光の
中

廃屋となりし海辺の工場群に沈む夕日の赤々
として

廃船のいくつ傾く海を染めて沈まむとする赤
き落日

単調なる海岸線を走りゆく汽車は時折り警笛
鳴らして

妹を亡くして北の樺太に何を求めて訪ひし賢治か

学び知りて幾歳月樺太の地に見る間宮林蔵チェーホフの写真

樺太がサハリンとなるもかなしかり古よりアイヌの住みし土地なり

霧晴れて碧き海原はるかなりその水平線を飽かずながめぬ

国後上陸

宴会に必ず歌ひし「知床旅情」その歌詞にある国後に立つ

朝明けて緑麗はし国後の山眼の前に白き噴煙

たちまちに海より湧きて覆ひ来る霧の冷たし国後沖に

海はるか上る朝陽の乱反射する霧に隠れゆく
国後の島

赤錆びて汚き漁船の繋がれたる港の酒場に一
つ明かりが

星明かりに道を下れば開け広げし廃屋の如き
港の酒場

はまなすの咲く国後の浜に見ぬ空に浮かびし
知床の山

ペットボトルの流れ寄り来る国後の浜に立てており流木人形

肌寒き霧覆ひ来る国後の夏の夕べを歌に踊りに

二年を区切りと日露国境警備隊襟を外して熱き演奏

満天の星

漆黒の海はるかなる水平線に光放ちて上る満月

澄み透る月かげ妖しく海遥か茫漠として水平線を見ぬ

一つだに遮るものなき海の上いとほしきまでに星のきらめく

満天の星を焦がして散る花火歴史を訪ねし旅
の終りに

二〇〇五（平成十七）年

ソウル

十二月　東京演劇アンサンブル「銀河鉄道の夜」韓国公演ツアーに参加

秀吉の欲と野望に悉く焼失せしとふ景福宮《キョンボックン》に立つ

李氏朝鮮の栄華を今に伝へたる勤政殿にふぶく粉雪

吐く息の凍りし朝の宗廟の音なき庭に雀四五十

雀来てなどかなつかし宗廟の雪残る庭に朝陽
のかがやき

友と別れて木立の茂る方に来ぬ石垣道のどこ
か懐かし

韓国の人中に座りて共に見る真の幸福求めし
舞台を

隙間風吹き込む寒き居酒屋で激辛キムチ食ひ
つつ語りぬ

## ナヌムの家

街外れの緩やかに静かな山間の奥にひつそり
とナヌムの家は

日本兵に捕へられしかの時をありありと語る
老いしハルモニ

「ちょっと待て」忘れ得ざりし日本語を韓国
なまりで語るハルモニ

「ちょっと待て」その言葉のみ日本語で語る
ハルモニ我が母に似る

ハルモニの語る慰安所生活を聞きつつ思ひぬ
語らざる心を

ふかふかと谷間の雪に包まれてナヌムの家に
明かり灯りぬ

語らざる心をこの絵に思ふなり「従軍慰安婦」
少女なりけり

復元せし狭き小屋なる慰安所に掛かりし粗末
な料金表の札

慰安婦は従軍しない日本軍性奴隷として認識
すべしと

ハルモニの怒り露に描きし絵日の丸を刺し血
汐の滴る

# 第二部

## 文集　わが学びの旅

# 第一章　地震列島・日本の宿命

## （一）被災地・神戸を歩く――阪神・淡路大震災後に――

二月二十三日、神戸の街を訪ねた。大地震発生後六週間経っている。連日のテレビ・新聞等の報道でその大惨禍は知っていたと言えば知っていた。しかし、それが何だというのか。まるで映画を見ているようにしか見ていなかったのではないか。

一九九五年一月十七日。ぐらぐらっと揺れ、「地震だ」と直感した僕は、飛び起きてとっさに本棚を押えた。次にステレオ。ステレオのデジタル時計は午前五時四十七分であった。揺れはすぐ治まった。「もうだいじょうぶだ」と思い、再び眠りについた。朝起きてびっくりした。テレビに写し出される映像はなんだ。死者が二十数名。それからというもの、あっという間に百、千となり、ついに五千名を超えた。死者ばかりではない。家屋の全壊全焼、ビル倒壊、道路の亀裂陥没なぎ倒された高速道路等ものすごい惨状である。そしてそこに住む人々の……。

幸い尼崎に勤めている甥は無事であったし、明石に住む叔父叔母も無事、神戸の親戚も被害は受けたが全員無事ということで一安心。しかし、複雑な暗胆たる気持ちが続いた。なぜ五千名以上もの死者がでたのか？　なぜ、あんなにも救援物資が遅れたのか？　なぜ……？　そして僕は、何ができるのか？　行って何か手助けしたいという衝動にかられながらも、結局は何もできない自分。猛火で焼け尽くされていることを思いながら、食事をしている自分とは一体？

六週間後の被災地は、といってもほんの一部しか行かなかったのだが、それでも目のあたりに見る惨禍は堪え難かった。なんということだろうか。あんなに素敵だった神戸の街がゆがみにゆがんでいる。焼け焦げた鉄骨のみ残る長田町。瓦礫と化したままの木造住宅。文化住宅という看板もろとも崩れたアパート。電線にぶら下がって揺れているネオン下の安酒場。防塵マスクにリュックサック。露店で売る焼きソバ。にぎわう中華街南京町。駅に向かう長い人の列等々。「敗戦後の日本さながら」と戦争を生きた人々は言っていたが、僕は逆に五十年前の敗戦直後の日本を想像したのだった。廃墟の街に漂う無力感、虚無感と同時に、今を生き、これからを生きようとする人間の底知れないエネルギーを実感したのだった。

三宮の一等地に建つ国際会館ビルの３階には神戸労演の事務所がある。東演公演の『リサの瞳の中で』を観劇した後、交流会に参加させてもらった所だ。４階がつぶれ、倒れかかっており進入禁止であった。電話をかけると引っ越し先の電話番号を教えてくれた。改めてかけ直す。新事務所は神戸駅の近くにあるとのこと。ＪＲで引き返す。電車はゆっくりと走る。被害の惨状と復旧へ向けての人間の営みが次々と車窓より見える。僕は目に焼きつけておこうと必死だった。ふと、時間が逆もどりしているような錯覚にとらわれ、不思議な感情になったのであった。

## (二) 現実と幻影——震災報道と実体験より——

昨年(一九九四年)暮れの「いじめによる自殺」から阪神・淡路大震災、つづいて地下鉄サリン無差別殺傷事件と日本社会を根底から揺り動かすショッキングな大事件が相次いでいる。敗戦による日本の民主化・復興は何であったのか。戦後五十年を機にあゆる角度から考え直していかなくてはいけないんだと思う。そのとき、斎藤先生が繰返しおっしゃっていた「事実に即して」考えることが重要だ。連日のテレビによるオウム真理教の主張とマスコミの異常報道。言葉による撹乱、事実隠蔽工作、情報操作等オウムに限ったことではないが、言葉と事実の乖離の恐ろしさを思わないではいられない。震災報道においても同様の危険が潜んでいる。

地震発生後六週間経って神戸を歩いた。僕は、全く言葉を失ったままであった。何をどう表現していいのか途方にくれたのである。それまでは、テレビや写真で見て、凄いとか恐しいとか地震発生のメカニズムをしゃべっていたのだが、つまり第三者的で傍観者でしかなかったのだが、実際現場に立ってみて、語る言葉を失ってしまったのである。映像の持つ力は確かに強烈だ。遠くの出来事も目の前に写し出してくれるテレビの威力もすごい。しかし、それはあくまでも実体験ではないのだ。皮膚感覚が伴わない幻影なのだ。そしてカメラマンの目を通して切り取られている一部分なのだという当然のことを再確認したのだった。視覚に頼りすぎている自分を戒めた。現場の空気、風といったものまで想像力で補う努力が必要だ。そして何より、そこで生活している人々への、人間への思いを忘れてはならない。

三月二十八日、仙台での極地研三月学習会へ参加するため、再び神戸を通った。今回は、通過しただけである。ＪＲ灘駅と住吉駅間は不通のため山側の阪急電鉄を利用した。小雨の降る肌寒い日であった。まだまだ崩れ壊れたままの家屋が多かったが、駅周辺のビルは解体され、以前にも増して工事の音が激しくうなっていた。人々もある意味で平常になり日常生活にもどっているみたいだった。呆然自失から脱却し、新たな生活をめざして活動していた。しかし、避難所生活者が、これを書いている四月中旬で、未だ五万人以上という桁違いの数にこの国の政治の貧困を思い、暗く憂鬱になるのだ。

学習会の帰路、住吉から阪急御影駅まで歩いた。夕闇迫る避難所のあるテントから明かりがもれていた。暗い公園内のびちゃびちゃした水たまりが銀色に光り、妙に侘びしかった。ただ、元気でがんばってほしいと祈らずにはいられなかった。何もできない後ろめたさを感じながら、人の列にまじって駅へと急いだ。

「地震は全てに平等にやってきたが、災害は極めて〝差別的〟に弱者を襲った」とは、本多勝一の震災ルポだったが、歩いてみて本当にそう思った。仮り物の言葉から実体のある言葉へ。短歌にも、その現実に迫る感性と想像力が不可欠なのだと思う。

（三）震災の歌——とべら平成七年三月号387号より——

真夏日の暑い日であった。昨夏を超える連日の暑さに弱っていたのだが、出張のため神戸を訪れた。あのいまわしい一月十七日から七ヵ月程経った八月二十一日。新神戸駅から地下鉄に乗り換え、三宮まで。地上に出てびっくりした。ゆがみにゆがんだ神戸の街がしゃんと立っているのだ。ビルが真っ直に建っているのだ。もっとも、そういうビルは地震に耐えることができたビルで、倒壊したり、倒れかけたりしたビルが整理されただけのことではあるが。それにしても、人間の力はすごいと改めて思った。リュックを背に防塵マスクをしてスニーカーで歩いている人はもういない。ネクタイを締めて、手にはバッグで革の靴。女性は化粧に流行服にと。街頭露店の焼きそば屋がなくなり、外国人がハンドメイドのアクセサリーを売っている。街がもどってきたのだ。しかし、まだまだ地震の傷跡はあちこちに残っていた。

ところで、出張先は「第16回全国在日朝鮮人教育研究集会」である。〝戦後50周年にあたって、確かな歴史認識と民族共生の教育実践を創造しよう〟という大テーマのもとでの全国大会であった。この集会で得ることが多かったが、特に印象的だったのは、「地震は一見平等にやってきたが、被害は差別的であった。そして何より、復旧していく過程で、在日外国人に対しては住宅にしろ仕事にしろ門戸が極めて限られ、狭いのです」という発言であった。被災者の方への食料の分配も差別的な所があったとか。人は危機的状況に接した時、その人の本質が現われるのだと思う。

さて、前置きが長くなりました。七ヵ月経って、過去の出来事として頭の隅に追いやられそうになっている地震直後の未曾有の被害の姿を『とべら三月号387号』より再現し、改めて思い起こしたいと思います。

激震の暫しの刻《とき》を茫としてただ只管に壁押え居り　（T・T）
暁の激しき地震《なゐ》に夫とわが運を寝床に任せて揺らる　（K・M）
目の前の簞笥がゆれて倒るかと思わず布団を頭よりかぶる　（N・I）

一月十七日の早朝、野島活断層による兵庫県南部地震発生。震源地は明石海峡の下であった。赤穂での直接体験を詠んだ歌だが、倉敷に住む僕も、揺れの程度はかなり弱かったが同じ思いであった。

しかし、その時、神戸では……。

子の声を残して火より逃れしと男は涙して言葉途切れつ　(K・M)

瓦礫に包まれ数十時間生きしとう人は「赤トンボ」の曲を口遊みて　(H・R)

真夜中に六甲トンネル抜けて来たと被災せる甥の強き声聞く　(I・T)

下宿して通いつめたり喫茶店パン屋本屋もみな倒壊す　(K・K)

のように、生死の境をさまよう生地獄であったのだ。それからというものは、テレビに新聞に洪水の如く震災報道がなされた。「安全神話が崩れた」「不測の直下型地震であり、被害の拡大を防ぐことができなかった」等、行政・学者・マスコミが口をそろえて弁明するも僕には空しく聞こえて仕方なかった。あらゆる面で矛盾が吹き出し、隠れていた問題が顕在化し先鋭となっていった。日本の政治行政の恥部・貧困・差別性をさらけ出した。報道は続く。

潰れし中報道の使命果たす神戸新聞社三日経し朝三枚の新聞が入る　(N・M)

県南部の地震の報は日々ふえて死者の数増し心おののく　（M・A）

被災地に雨の予報のありし朝に青きシートの屋根屋根写る　（F・M）

地震にて五千余りの遺体わが町にも運ばれしありと友よりきけり　（U・M）

六甲道駅に降りる支度の目安とせし白鶴看板もくずれたるが映る　（F・K）

時が経つにつれて被災者の方の日常生活へと思いが移っていく。実は、被災地の人にとっては、何よりもこの問題（食と住）が一番切実であったはずなのに……。

被災者がトイレに悩む深刻さこころ詫び居り閑けきときを　（O・R）

家屋倒壊に避難所暮らしの人々は毛布のみにて暖とると言う　（F・T）

酷寒の夜々を忍ぶる被災者に吾が涙しむ電気毛布は　（Y・S）

一方、報道の力により、全国から義援金・生活物資等の支援活動が活発に行われる。皆、同じ思いであったのだろう。

食料を詰めし箱に一束の水仙添えてはらからを見舞う　（K・T）

梅入りのにぎりに添える漬け物はせめて大きなひときれを選りぬ　（M・J）

ところで、この阪神・淡路大震災は、戦時の、また戦後の焼け跡を連想させる程悲惨な状況であったと。

リュック買い線路を歩く人の列に戦時の神戸に吾よみがえる　（H・H）
空襲の悪夢ふたたび震災に神戸の街は又消え去りぬ　（Y・S）

そしてまた、今回も、自然の力と自然の中に生きる人間の世の有り様という大きな問題を、自然から投げ掛けられたのだった。

人ならず自然の節理にあらねども死者五千余の阪神大震災　（M・I）
十五秒の揺れが人生を地の底に幸せ奪いぬ自然の力　（Z・T）

神戸は、新しく生まれ変わるのだろうか？　経済中心の土建政治から真に人間の住み良い豊かな街になるのだろうか？　震災の教訓が本当に生かされるのだろうか？　一見、立ち直っていっている神戸の街ではあったが、その内実は不安で仕方ない。あれ程のハルマゲドンが起きたにもかかわらず――。

震災の死亡者名簿なぞりつつ義兄の姉の名を捜しゆく　（O・A）
くずれ落ち焼かれし跡の瓦礫の中紙の墓標に冬の雨降る　（H・K）
朝からの冷たき雨は被災者の火の気ひとつなきテントを濡らす　（A・K）
烈震に崩えたる街の悲しみか音なく夜の寒き雨降る　（K・T）

（後記）『とべら平成七年三月号』は、阪神・淡路大震災の歌で埋まっている。二百六十余首中五割を超す数である。その中から二十五首選んで再構成したのが本編である。あの震災を忘れず、記憶に留めむがための、歌を通しての私の覚え書きでもある。

なお、歌の作者名はイニシャルで表記したことをご了解ください。

# 第二章　アフリカの大地にふれて――アフリカの人と自然――

## （一）第一次アフリカ旅行　一九八七年八月

### （1）ポレポレ精神

朝まだきナイロビ空港に降り立ちて銃持つ兵士の無表情を見ぬ
雨降りて夕べ近づくナイロビの街祈り捧げる嫗に会へり
街角に義足の脚を投げ出して物乞ふる老婆人群れの中
写真撮る旅行者我に寄りて来て物乞ふちぢれし髪の子供等
緑濃き木々の梢に夕べの虹かかりたる見ゆナイロビの街

ナイロビ！　僕にとっては特別の響きをもって迫ってくることばだ。初めての海外旅行で降り立った街ということもあるかもしれないが、それだけでは決してない。日本から一歩も外に出たことがない僕が、世界を初めて実感し、新鮮な驚きに出会った街であることは確かだが、ナイロビは僕にとってそれ以上のものである。少し大げさかもしれないが、人生観を変えてしまう程のものであった。貧富の差、土着と近代化、時間の観念、日本という国、日本人であること、生と死等大きなテーマを次から次へとぶつけてきたのだ。受け止めるには、あまりに小さく貧弱である自分であったが（今も同じ）、その時の体験や見聞は心の底に沈み、事ある毎に浮かび上がってくるのである。それは小さな出来事ではあるが。

たとえば、こんな事があった。帰国を前にして、ナイロビ郊外にあるケニアの民族舞踊が楽しめる野外博物館ボーマス・オブ・ケニアへ連れて行ってもらった。現地旅行会社の配慮からである。目的地に着く少し手前で車がストップした。故障かなと思ったが、どうもエンジンの止まり具合からしてちがう。坂道で止まったのだからクラッチ板か、ただのエンストとちがうか等いろいろと言い合った。中にはガス欠ではないかという意見も出、これは直に調べられるので、道端の枯れ草をひっこ抜いて給油タンクに差し込んでみた。底まで差し込んでもちっとも濡れない枯れ草を見て、みんな大笑いをした。ドライバーは現地のアフリカ人であったが彼も一緒になって笑っている。そして、油量ゲージが故障していて、それに気づかずガソリンを補給していなかったのだ。悪いのは、油量メータで俺ではない。ノープロブレム（気にしないでくれ）。もうすぐだから歩いて行こうと車を置いて歩き出した。我々もこんなことはよくあることで慣れていたし、急ぐこともないので「ノープロブレム。ポレポレ‼」と言いながら彼の後をついて行った。たわいもない出来事であったが、今の日本だとこう大らかにいかないのではないか。一緒に笑うなどもってのほか。時間通りに決められたコースをせかせかと急ぐ。ポレポレ（スワヒリ語で、ゆっくり、ゆったり、のんびりと、という意味）なんてしていたら、乗り遅れて落伍者になってしまうと言わんばかり。ああ、あ。ポレポレ精神は、サバンナに生きる動物たちと共に悠久なる自然に生きてきた彼らの生活文化そのものであろう。しかし、近代化という機械文明、現代化という細密複雑なコンピューター社会は否応なく、スピード・アップし、時間に急ぎ立てられてアップアップしている。あっぷあっぷしている状態だと心にゆとりを失い、ポレポレにはならない。ポレポレだと日本で生きられない。さて、と。

今もなほ夢に見るかな夏枯れの大サバンナ行く象の一群
晴れ渡る空のそくへの草原に山脈映ゆる蜃気楼を見つ
一面の草原を焼きて立ち昇る煙消えゆく澄みに澄む空

アフリカへは二度行った。二度とも動物サファリが主目的だったが、最初の旅行ではタンザニアを中心に巡った。有名なセレンゲティ大草原でのカー・サファリとカメラハンティング。一首目は、帰国してのものだが、後二首は移動中のときの歌だ。動物園といっても檻や柵があるわけではない。セレンゲティ国立公園は首都圏の広さを超えるはてしなき草原が広がる東アフリカきっての自然動物園だ。だからどこにでも動物たちがいるということはない。かなり車で走って、探さなければ見ることができない。百万頭に近いヌーでさえ、どこにいるのか素人の我々には分からない。ただただ地平線かなたまで枯草が広がっているだけである。おまけに北のケニア側の大草原マサイ・マラに草を求めて大移動をしている時期だったのでお目にかかるチャンスは少なかった。乾燥し切ったサバンナを二台の車は砂煙を舞い上げて目的地へと向かった。誰かが「山が見える」と指さした。それはぼんやりとゆらめいていた。山麓には湖が広がっているように見えた。蜃気楼だ！　僕は恍惚とそれをながめていた。

## （2）タンザニア・マサイの学校訪問

赤茶けた砂煙の舞う幹線道路を脇にそれ、少し入ったところにコンクリートの平屋が建っていた。校舎のようだ。４棟あり、コの字型に並んでいた。中庭を隔てて狭い運動場があった。物音ひとつなく、ひっそりと静まり返っていた。ところが、車が近づくにつれて、その四角いコンクリートの校舎から、破れ汚れていかにも貧しい身なりの子どもたちが、目をくりくりさせながら出て来た。黒いはずの膚もほこりで白っぽくなっていた。ここは、タンザニアの比較的大きな学校である。小中合同のマサイ族の学校である。

ここでの出来事は、九年経った今も鮮やかに覚えている。それは、二百人近い子どもたちが、アフリカの空に向かって高らかに歌い上げた民族の歌である。心が震え、感動し、目頭がにじんで仕方なかった。細胞の一つひとつを揺さぶられたのである。

午前の終業を告げるタイヤホイールをたたく侘しい音が学校中に鳴ると子どもたちは狭い運動場に飛び出して来た。厳めしい先生の指揮で、級長を先頭に前後左右整然と整列した。号令に従わない者は、ムチでたたかれた。ムチこそ使わないが、日本の学校でもありふれた風景である。まるで軍隊のようであった。そんなことを思っていると、突然、校長先生（女性であった）の合図があった。すると、子どもたちは、隊列をくずし、ある子は地べたに足を投げ出し、ある子はひざを曲げて座り、またある子は中腰に、大きい子は後ろに立ちという調子で、あっという間に弓なりに並んで、全員の子の顔が一斉に僕たちの方に向けられたのである。あっ気にとられていると再び、校長先生の大きな合図があった。スワヒリ語だったので意味不明だが、そのかけ声とともに合唱が始まったのである。

一人の生徒がアカペラで歌う。それに合わせて全員が斉唱する。小さい子の甲高い声、中学生ぐらいの子の低い声等さまざまな声が入り混じって聞こえてくるのだが、不思議と調和しているのだ。リズミカルで明るい。歯切れがよくビートが効いて快い。サバンナ地帯に生きる民族の声なのかなと思った。

　ボールペンを髪に差して得意気に合唱指揮するマサイの青年

日本では生徒会長に当たるのか、合唱をリードするその生徒は、全身でリズムをとり、歩きながら歌っていた。他の子も自然と身体を動かして歌っている。つい先の軍隊調の整列が嘘のようである。歌うことがとても楽しそうであった。音程がどうの、きれいな声がどうのという次元をはるかに超えた音楽の世界がそこにはあった。どことなく暗く貧しい印象をもった教室内の彼らとは全く違って、開放された彼らがそこにいた。何の飾り気もなく、素朴で明るい。遠い過去に置き忘れてしまった何か大切なものを僕は思い出していた。それはまた、斎藤先生が創造された島小の子どもたちのあの明るくのびやかな、そして力の満ちた未来へつながる歌声と重なってきた。僕もまた彼らに合わせて口ずさんでいた。

　アフリカの大地に生きる子どもらの歌声み空に響き渡りぬ

ところで、学校を訪問して思ったことだが先生というのはエリートなのだと。知識階級に属する人間だから当然かもしれないが、特に、いわゆる「発展途上国」においてはその権力は絶大であるようだ。日本でも明治時代はそうだったのだろう。女教師はきれいに化粧をし、いい服を着ていた。子どもたちはというと、少数の身なりのいい子を除いて、ほとんどの子は素足でぼろ服だった。私たち訪問者には、大変丁重であったが、子どもたちの方を向くと強圧的、命令的であった。

子どもたちの歌に対して、我々もお礼に何か歌おうということになった。日本の歌がいいと思ったが、メロディーが優しい「さくら」では単調だし……。結局、「幸せなら手をたたこう」になった。理科仲間の我々は、研究会でも議論はすれど歌うことはない。初めてタンザニアで一緒に歌ったのである。お世辞にも上手くなかった。下手だった。ところが、大いに受けたのである。アンコールまで要求された。調子に乗り、最後は、投げキッスでお別れをした。今、あの子たちも成人し、国を支えているのだろう。

### (3) ンゴロ・ンゴロ自然動物保護区

動物サファリは、いつも決まって早朝か夕方だった。その日も朝早く宿を発ち、四駆のランドクルーザー2台に分乗して出かけた。夜明け前の静寂な中を一言二言あいさつを交わしただけで、後は車のエンジン音だけが響いていた。宿を出ると霧が立ち込めていて視界が極度に狭かった。左右にごとがたと揺られながら目的地へと向かっていった。途中、「象がいる」という友人の声に驚き、すぐさま車窓に顔をくっつけて、暗く霧に包まれた外を見た。するとどうだろう、象の頭の影が目の前に現われ、すぐ消えていった。僕は興奮してしまった。こんな処に象がいるなんて、何をしていたのだろうか。

前にも書いたけど、僕は、アフリカに二度足を踏み入れている。主たる目的は、自然における動物観察だったが、二度目のケニア旅行であまりに重大な事故(バルーン着地失敗事故)に遭ってしまったので、僕の場合、アフリカ旅行と言えば、必然的に事故のことが大きな比重を占めることになる。しかし、そればかりではない。楽しくて、心ときめくサファリ体験もあったのである。

一九八七年八月十日。タンザニアはンゴロンゴロ自然保護区でのサファリ体験もその一つであった。冒頭の文章は、その出発時の様子である。ンゴロンゴロとはマサイ語で大きな穴という意味だそうだ。世界最大級のクレーターで火口縁は標高二三〇〇m～二四〇〇m、クレーター底の標高が一八〇〇m、つまり、火口外輪から六〇〇mも下の火口跡が即ち〝野生の王国〟になっているという自然動物園である。六〇〇mもの火口壁に囲まれた自然の楽園で、ほとんどの動物はこのクレーター内で一生を通ごすと言う。

ゆっくりゆっくりと火口原へ降りて行った。すでに明るくなっていたので、その雄大さに圧倒された。急な坂をやっとの思いで降りるとホロホロチョウの群に出会い、僕たちの車に驚いたのか急いで逃げて行った。なんともあどけない走り方をして。ハイエナやジャッカルもはじめて見た。屍肉を漁るというあまりよい評価を得ていない草原の掃除屋たちだ。ブチハイエナは頭より太い首を前後しながら忙しく歩き回っていた。セグロジャッカルは狼か犬かといった動きで、これまた単独で獲物を漁ってうろうろしていた。予備知識がほとんどなく、ただ研究仲間に誘われるままやって来たのだが、「百聞は一見に如かず、百見は一体験に如かず」である。テレビやビデオで見るのと現場で見るのとでは全くちがう。同じ時空間の中に全身が溶け込み、呼吸する。ハイエナもジャッカルもシマウマにヌー、ゾウやサイ、インパラ、ライオン等が何世代も生き続けてきたこの地で、この空の下で僕も彼らと一緒に呼吸しているという実感。大事なことは、視覚でなく触覚で、皮膚感覚で彼らを知ることなのだ。

にび色の雲の覆ひし火口原餌を漁りゆくジャッカルに会ふ
世代交代繰り返しつつ種を残しサバンナに生きる野生動物

火口湖に近づいた。近づくにしたがって呆然としてしまった。広い湖を埋め尽くす如きフラミンゴの群れ。何万羽いるのだろうか数え切れないその圧倒的な数に驚嘆してしまった。車が湖の浅い所まで入るとパーッと一勢に飛び立つ壮観さと飛んでゆく優美さといったら比類がない。レーンジャーがサービスで湖の浅瀬を少し走ってくれたが、その度にフラミンゴの群れがパーと飛び立ち飛翔する。湖では餌を漁っているものもいる。薄紅色の羽に黒い口ばし。夢のような世界であった。が、湖の辺りには、抜けて古くなった羽が幾重にも重なって汚くあわれであった。

あれは、セレンゲティ国立公園内を走っていた時だ。ゾウの頭骨やらアフリカンバッファローの角やらが無造作に転がっていた。ここでは、生と死は一つの過程にすぎない。生きて種を残し、死んで種を支えるのだ。少数の肉食動物と圧倒的大多数の草食動物、彼らを養う大草原。目に見えない食物連鎖という自然の掟に従って生き、そして死んでいく。死ねば大地に帰り、大地を肥やす。この鎖のどこか一箇所でも壊れ切れるとたちまちにして全生物界に影響を及ぼす。極めて微妙なバランスの上に自然界は成立しているのだ。どの生物も全て存在意義を持って生まれるべくして生まれているのだ。抜け落ちて汚らしい何万という羽もまた自然界にとって必要不可欠のものなのだろう。

昼食は、サンドイッチの弁当で小さな池のある辺りでとった。近くにライオンがいるかもしれないと驚かされていたので、おっかなびっくりであったが、そのうち度胸もでて、青い草の上に大の字で寝転んだ。気持ち良かった。空はどんより曇っていたが、全身の力が抜けて大地に浸み込んでいくような錯覚に陥った。今まで緊張の連続だったからだろう。

その後、ライオンを探しに行った。ライオンはなかなか見つからなかった。見つからなかっただけにサファリの醍醐味を味わうことができたのかもしれない。やっと見つけたときは、本当に踊りたくなる程嬉しかったからだ。狩りを始めようとしていたらしい。歩んでは腰を下ろし、じっと窺っていた。病気で皮膚がみにくい雄ライオンもいた。腹腹ペコなのか腹の皮がたるんでよじれていた。百獣の王のイメージは、かくもあっさり打ち消された。ライオンだって生きるのに必死なのだ。黄茶に枯れた茎の長い草原に風が吹き、波のように揺れる。その陰でライオンは獲物を狙っている。辺りの空気が張り詰めているように感じた。シーンとして、しばらく待ったがなかなか行動に移らないので、こちらもあきらめて宿へ帰ることにした。もう十分満足したのである。

夕暮れて、火口縁に建つロッジのテラスからはるか遠くに火口湖が見えた。真珠をばらまいたように小粒で淡く光るものが無数にあった。「あれは、あのフラミンゴの群れですよ」と教えられたとき、今まで感じたことのない感動を覚えた。

薄暮れに散りぼふ淡き紅の真珠の如きフラミンゴ幾万
シマウマの草喰む園に寝転べば生きて吾が居ることのいとほし

## （4）人類発祥の地

ま近くに人類発祥の地を見たり二十年前よりあくがれし地を

グレイト・リフト・ヴァレー、大地の裂け目。アフリカ大地溝帯は、地球の巨大な冷却システムの一環で、地球内部からの熱放出が大陸を引き裂いているという。この大地の裂け目には、大小の湖が線上に連なって散在しているが、北は紅海から南はモザンビークまでの六〇〇〇㎞に及ぶ世界最大級の地溝帯である。人類はここで生まれた。三百万年前とも四百万年前とも言われている人類発祥の地である。イギリスの人類進化学者ルイス・リーキー博士とメアリー夫人が二百万年前の猿人ジンジャートロプス・ボイセイ（アウストラロピテクス・ボイセイ）を発見したのもここである。今から四〇年程前の一九五九年のことである。僕は、世界史の中でも特に、人類がいかにして生まれたのかということに心魅かれていた。サルからヒトへ。猿人→原人→旧人→新人→現代人へと人類は進化の過程をたどってきたということは新鮮な驚きであった。土に埋もれた中から掘りあて、掘り起こして、謎を解明していくことに興味を抱いた。極地研との出会いが拍車をかけた。その初期人類の頭骨が発見された地点に、今、立っているのだと思うとしみじみと心の底から湧き上がる不思議な感動に襲われるのだった。

人類の遙か祖先の住みし谷に息を潜めて降り立たむとす

オルドヴァイ峡谷。セレンゲティ国立公園の帰路、砂煙を上げながらわだちに従って走る。方角などよく分からず、ただ車の走るのに任せていた。熱い日であった。しばらく走ると石造りの平屋がぽつんと建っていた。博物館である。オルドヴァイ文化と呼ばれる石器文化の出土品が展示されていた。かなりの文化が発達していたという。リーキー博士と夫人の写真もあったと記憶している。それから、博物館横の日除けのある休憩所からながめた荒涼とした峡谷が断片的に蘇ってくる。地層がはっきりと見てとれる台地があった。粘土と砂と赤茶けた土の層が重なっていたように思う。真にここでジンジャントロプス・ボイセイは発見されたのだ。僕の祖先の祖先の……またその祖先の……はここで生まれ、暮らしたのかと思うとなつかしくもあり親しみも湧いてくる。もっと緑が豊かであっただろう。教科書や図鑑などで見慣れた復元図を思い浮かべながら、彼らの暮らしを想像してみた。

谷は静寂であった。気の遠くなるような時の流れ。露わになった地層の近くまで降りていった。息を殺して降りていった。

人類のはるか祖先の頭骨の出でし地層にふれてゆきたし

サルからヒトへ、そして人間へと進化した人類。今や地球は人類の時代である。この恐ろしく発達した高度情報化社会、現代文明社会の中で、地球環境を大きく変えてしまう程の勢いで膨張し続けている人類。一体、どこへ向かって進んでいっているのだろうか。かつて、地球上には恐竜が繁栄していた。陸海空を制覇していた恐竜たち。それが絶滅した。恐竜時代は終わったのである。人類にもいつか終わりは来るのだろう。自から創りあげた物質文明によって、自から危険にさらされている核時代の人類――。道々、出会ったマサイのモラン(戦士)や長槍を片手に持って歩いていた黒い男たちの姿と――。

猿人と核時代の人類と進化はあれど真幸くありや

## (二) 第二次アフリカ旅行　一九八九年八月　——熱気球着地失敗事故——

### (1) バルーン・サファリ

暗闇に朝の明けるを待ちまちて乗りたる気球の分かつ命運

一九八九年八月七日、暗闇に覆われた広大な大草原の地平線から暁の光が差し、暗赤色から紅黄色に移り変わるはるか地平線の空の色。綿積雲が層をなしてゆっくりと色を変えながら流れてゆく。それは日本では決して見ることのできない感動的な夜明けであった。自然の摂理に従った天と地と光の饗宴であった。アフリカは、マサイ・マラ国立保護区の一画、マラ・セレナ・ロッジ下の熱気球飛行離陸地点に我々は立っていたのである。今回のツアーのメインディッシュである気球による空からの動物ウォッチング＝バルーン・サファリが始まろうとしているアフリカの夜明けであった。「バルーン・サファリは絶対に安全である」という触れ込みによる思い込み、それでも多少の不安と危険を感じながらも期待の方がはるかに勝り、勢いよく乗り込んだ。まさかの時など予想すらしなかった。

バーナーより出づる火焔の激しくて心踊りぬ気球の旅に

正しく轟音であった。直径15ｍはある気球を膨らませるガスバーナーから吹き出される火焔は激しく、静かで冷たい朝の空気を打ち破った。いやが上にも胸は高なり、心は踊るのであった。

気球は快調に飛行した。下がった気球の高度を上げるために3秒から時に10秒近い間隔でバーナーに点火して熱風を送る時以外は、実に静かであった。静寂そのものであった。眼下には、セグロジャッカルがえさを漁っている。ハイエナが忙しく動き回っている。はるか前方に黒豆の如く見えるヌーの大群。列をなして移動しているヌーの群れ。集まって身を守っているトムソンガゼル、シマウマの集団。地上でのサファリとはちがって、地平線が丸く見え、大草原で暮らす動物たちの生の営みに思いを馳せ、大自然の悠久な時の流れに身を任せることができた。素晴らしい眺望と体験であった。

それが……。着陸体制に移った直後、バスケットが激しく大地を打ち、ふわーっと再び空に上がり、再度大地を直撃し横転・転倒したまましばらく引きづられて静止した。バスケットには、パイロットを含めて13人乗っていたが、悲鳴と呻きと逆さま状態のパニックであった。僕は運よくバスケットのすき間から転がり出、現地スタッフと共に巨大なバスケットを起こし、みんなを助け出した。その時もまだ事故とは思わなかった。

すごいスリルだという感覚しかなかった。「バルーンは安全である」ということを百％信じていたわけではないが、マインド・コントロールされていたのかもしれない。

事態は大惨事だったのだ。二人の友がこの事故で生きるとも死ぬとも分からない本当に生死の境をさ迷っていたのである。

## （2） ナイロビ病院へ

・頸椎骨折・頸髄損傷・胸椎骨折・肋骨骨折・その他全身に外傷
・頸髄損傷その他身体各所に外傷……四肢不全麻痺……

一九九二年（平成四年）五月末に、大阪地裁に提訴した訴状中にある曽我部さんと吉原さんの傷害名である。バルーンが横転、逆さに転倒しバスケットから放り出されると同時にその端《ふち》と大地との狭間にはさまれて骨折したのだろう。こんなことを誰が予想し得たであろうか。あまりに突然であった。野火跡の黒い大地に横たわって苦しんでいる二人の姿を見たとき、はじめて事故であったと認識したのだけど……。現地スタッフのスワヒリ語とバルーン会社員の英語と意味不明だが非常に緊迫したやりとりの光景、広々とした黒き大地に投げ出され、息絶えだえの二人の姿は今も悲しい記憶としてはっきりと脳裏に焼きついている。救急医療設備が皆無のなか、みな動揺し為す術がなかった。その中にあって、負傷者の曽我部さんは冷静であった。「(息が苦しいので)酸素ボンベはないか」と。そんなものなんて有るはずもない。その次に「水がほしい」と。口の中は切れ、灰を噛んでいたのでウェットティッシュでふいてあげたが、それどころではなかったのだ。彼女は続けて、「ナイロビ国立病院へ」と我々に指示を出した。なんという冷静沈着さ、強い精神力であろうかと僕は驚いた。七年を経て、短歌で綴った曽我部さんの闘病記『がべちゃん先生の自立宣言』の中に、「……私は「はっ」として「死」が頭をよぎった。強い力で、ますます首は曲げられた。体の奥で「ブチッ」と鈍い音がして、足が動かなくなった。また「ブチッ」と音がして、今度は手が動かなくなった。このとき私は、中枢神経が切れたことを瞬時に悟った」。

あの現場に居た者の一人なのに、これ程の重大な事故だったのかと認識するまでには時間が必要であった。しかし、一刻を争う事態にまちがいないと思った。協力して二人をそれぞれ二台のワゴン車の長椅子に寝かせた。僕は、すぐリーダーの車にガイドのジョージと乗り込み、マラ・セレナ・ロッジへと向かった。フライング・ドクターに連絡をとるためだった。

途中、朝食をとる予定だった野外食卓場に寄った。事故のためキャンセルをしたのだろう。本来ならここでシャンペンを飲みながら歓談し、近くをウォーキング・サファリするはずだったのに……。

ロッジに着いたものの無線機の調子がよくないらしい。ジージージーと電波の音はしているが、連絡がとれないようだ。無線室をのぞくと四、五人はいたと思うけど、粗末な無線機が机の上に置かれていて配線が丸見えだった。狭い部屋なのでロビーで待った。ジョージが来て、「赤澤さん、フライング・ドクターのカードを貸して下さい」と。無線が通じたらしい。すぐ僕のを手渡した。

それからしばらくして、井崎さんたちが帰って来た。太陽はすっかり空に昇り、強い日差しが降り注いでいた。しかし、二人の友の車は帰って来ない。心配であったけどどうすることもできなかった。後で聞いたことだが、セスナ機を待つために飛行場に居たらしい。ところが、なかなかセスナが来ないので、ロッジに戻って来たということだった。吉原さんは、「痛い、痛い」と痛さに堪えながら力なく訴え続けていた。曽我部さんはじっと我慢していた。共に激痛で苦しく死ぬ思いであっただろう。石畳の庭に重苦しい空気が充満していた。アフリカの燦燦と輝く太陽がじりじりと照りつけた。「フライング・ドクターはまだ来ないのか」とジョージに迫ってはみたものの彼にどうすることができよう。「連絡がついたので来ると思います」と。続けて「あと三時間はかかると思います」。なんということだ！　三時間もこの状態で待つのかと思うと改めて辺境の地にやって来たんだなあと思った。

楽しみて気球に乗りし友二人生死の狭間を野火跡の大地に
寒き風吹き過ぎるなか野火跡の黒き大地に友の呻きぬ
野火跡の黒き大地にぐつたりと倒れし二人の友の生命は

フライング・ドクターがやって来て、白衣の看護婦が二人を素早くストレッチャーに固定して、セスナ機発着場に向かって下りて行ったのは真昼近くになっていた。

### (3) 交渉

汚れたる狭き事務所の粗壁に西日漏れ来て交渉の始まる

事故後、二つのグループに分かれて行動した。負傷者の友二人に付き添ってセスナ機でナイロビに向かったグループとキチュワ・テンボキャンプに一泊して車でナイロビに帰るグループとに。幸い無傷の僕は後のグループである。「とんだ目にあってしまったなあ」と思っていたが、この時点ではまだ事の重大性は認識できていなかった。続けて旅行ができるとは思っていなかったが、別の案を考えなくてはと思っていた。しかし、ナイロビに帰ってから、そんなのん気なことを考えていた自分を恥じた。先にセスナで帰っていた友人から、曽我部さんの手術は十時間以上かかり、吉原さんは今夜にと聞いて暗澹たる気持ちになった。生死の境をさ迷っている二人の友。むち打ち症や負傷を受けている友もいる。全ての予定をキャンセルして看護と事故後の対応策を考えねばならない。

ホテルは、道祖神のナイロビ駐在員M氏が手配してくれたパナフリック・ホテル。ナイロビ・ヒルの丘の上に建つ近代的ホテル。緑の多い落ち着いた環境であった。八月九日以後二十日にナイロビを発つまでの十二日間、このホテルを根拠地として看護に出かけたり、会社側と交渉したりしたのである。

八月九日（水）夜、僕たち九人は一室に集まって今後のことを話し合った。看護班、食事班、交渉班、内部連絡班等大まかに役割分担を決め集団体制による一応の対策本部を設けた。僕は交渉班になった。身軽に動けるからだ。同室の堀内さんも一緒の班だ。でも、原則は、あくまで団体交渉である。みんなの知恵を出し合い、また、会社側の言いなりにならないためにもこの原則は貫いた。

八月十日（木）　堀内さんと僕の二人で、現地旅行会社へ出かけることにした。というのも、あまりに対応が冷たく、社長であるE氏などは、「我が社とは一切無関係ですから」と最初のときに言ったということも聞いていたので、とにかく直接会って疑問点や今後のこと等を話し合わねばと思ったのである。いくらか不安もあったが事の重大性を知ってもらうためにも会わなければならない。添乗員のジョージ氏に案内してもらって会社のドアをたたいたのである。冒頭の歌は、そのときのものである。活字用タイプが2台あり、現地黒人スタッフが働いていた。僕たちは、E氏に会いたい旨、伝えると左手奥の部屋に居るとのこと。道祖神ナイロビ駐在員のM氏もいて、彼は相当驚いていたようだ。かまわずE氏に面会し、事情を話すと、やはり彼は、「うちの会社とは関係ありません。道祖神とは別会社ですから」ときっぱりと言う。その時点では、現地会社ドゥ・ドゥ・ワールドと道祖神との関係ははっきりしていなかったが、（M氏からは、ナイロビに着いた直後、「同じ会社と考えてもらって結構です」と説明されていたので）E氏の言われることを一応認めた上で、語気を荒げず以下の三点について訴えた。

①二人の友が生死の境にいること

②ナイロビで頼りになるのはあなた方しかいないこと

③日本人による看護体制を充実してほしいこと

会社を出たときはもう暗かった。ストリートチルドレンが一ドルを悲しげにせがんで来た。貧富の差は激しく、道一つ隔ててスラム街が広がってもいるナイロビの街。堀内さんと足早にホテルへ帰った。会社側もいくらか考えてくれたのか海外青年協力隊員の応援が得られた。それに隊員としてカンゲマで指導にあたっている浦山さんの献身的な協力とにより、なんとか看護体制を整えることができたが長期戦になるのでたいへんであった。また、看護は予想以上に困難で、二人の友の想像を絶する苦痛を柔げる術は全くといっていい程無かった。無力であった。それでもいろいろと知恵を出し合って看護した。看護はもっぱら女性に任せていたけど、女性の細やかな看護にはとうてい叶わないと思った。

八月十二日（土）吉原さんのお姉さんと曽我部さんの妹弟が、道祖神のY氏に連れられてナイロビに来られた。緊張と疲労でその夜は休養をとられたが、我々はY氏（会社代表）と正式に第一回目の交渉をもった。今までのM氏とのやりとりやファックスを通しての要望等してあったので基本的には一致した。しかし、個々具体的なことになると混迷し、重苦しい雰囲気に包まれ思考停止になるのであった。東京道祖神代表Y氏とはその後2回の交渉をもったが、たいした成果は得られなかったと記憶している。

## （4）帰　国

やるせなき怒りを残して飛び発ちぬ夕陽の中のナイロビを背に

ナイロビ。マサイ語で「冷たい水」の意とか。南緯12度、赤道直下に等しい街だ。しかし決して暑くない。海抜約一七〇〇mと高いため、一年を通じて涼しく過ごしやすい。

イギリスがケニアを植民地化する過程で生まれた街で、アフリカとヨーロッパの顔をもつ。

東アフリカの玄関口であるナイロビ。僕たちの夢の出発点であった。しかし、また悲しみに耐え、怒りをどこにぶつけたらよいのか分からず途方にくれた迷路でもあった。そのナイロビともうお別れだ。重態の二人の友を残して帰国するのは辛かったが仕方ない。八月二十日（日）夕刻、看護のため残るKさんと親戚の方々とに見送られてナイロビを後にしたのである。飛行機から見えるナイロビの山は美しかった。焦茶の土に緑の木々、白い近代的なビルが夕陽を受けて薄紅に染まって、それは美しい光景であった。

僕がナイロビに初めて降り立ったのは一九八七年八月。あの時は、大変な病気にかかったのだが、今回もまた重大な事故に遭ってしまった。そしてナイロビに釘付けされたのである。悲しみに耐えて看護と見舞いに行ったり、会社相手に交渉をしたり、みんなで集まっては今後のことを話し合ったりしたのである。

朝な夕なジャカランタの花咲く丘を越え首折りし二人の友を見舞ひぬ
激痛に耐へて友は眼で示しぬ五十音表の文字ひとつひとつ
手術後の友の痛むに耐へ兼ねて外に出づれば空の晴れゆく
限りなき積雲の間に澄む空よ友の生命を救ひ給へな

帰国の直前、ケニア航空局より事情聴取があるというので事故報告書を急いで書いた。手術後、ＩＣＵへ看護（実際は何もできなかった）に行ったときの筆舌に尽くし難い苦痛に耐えている二人の友の姿を思い浮かべるとなかなか進まなかった。しかも何をどのように書けばよいのか分からず困った。しかし、とにかく書かねばならない。不十分ではあっても精いっぱいのことをしようと思った。

安らかな友の寝息の聞こゆるに悲しみ深き報告書を書きぬ
悲しみと怒りの中で夜を徹し書き上げたりき熱気球事故報告書

九月十三日（水）吉原さんと曽我部さんが帰国した。スイスの特別機で大阪空港に着いたのだ。吉原さんは、枚方市の星が丘厚生年金病院へ、曽我部さんは尼崎市の関西労災病院へと入院し、長い長い闘病生活に入ったのである。しかし、とにかく二人とも生きて日本に帰ることができたのである。

旅行会社を相手に損害賠償請求裁判を起こして闘ったが、敗訴となった。

## (附) ケニア　マサイ・マラ国立動物保護区でのバルーン・サファリ
### ――バルーンは安全でない――

『理科教室』にも今まで幾度となく実践記録を発表されてきた現尼崎市立若草中学校の曽我部教子先生が、昨年一九八九年八月七日にケニヤはマサイ・マラ国立動物保護区内でバルーン・サファリをしていて事故に遭い、「頚椎脱臼骨折」という重傷を負ってナイロビ病院に入院。翌九月十三日スイスの特別機でようやく帰国し、尼崎の関西労災病院に入院された。

僕は、二年前の一九八七年八月に曽我部さんと一緒にアフリカを訪ずれた。その時の感動が今も忘れられず、再び、彼女を隊長としたKEN-SOGA-Ptyのメンバーの一人となって、一九八九年の八月にアフリカの地を踏むことになったのである。そして、不幸にもバルーン着地失敗の大惨事に遭ったのだ。

## 三つの目的

KEN-SOGA-Ptyは、三つの主要な目的を達成するために組織されたケニヤ旅行隊である。その目的とは、先ず初めに、ケニヤの中学校で理科実験の授業をすること。二つ目は、マサイ・マラでの自然動物観察、特にバルーンに乗って空からのサファリ。最後は、トゥルカナ湖キャンピングサファリ。半砂漠地帯をキャンプしながら人類発祥の地の一つであるトゥルカナ湖を訪ね歩くというもの。単なる観光ツアーではない。民間教育運動の先頭に立って実践されている理科教師曽我部さんならではの企画だと思った。

## バルーン・サファリ

八月七日は、楽しみに待っていたバルーン・サファリ。午前四時起床。あたりは真っ暗闇である。洗顔・準備し五時頃キチュワ・テンボ・キャンプを出発。でこぼこ道にゆられること一時間余り、小雨も降ったが、マラ・セネラ・ロッジに着く頃は完全に星空。夜明けまでにはまだ間があった。マラ・セネラ・ロッジは小高い丘の上にあり、マサイ人の家屋をイメージしたコテージで、大サバンナが一望できる素敵なロッジだ。それにしても寒い。ジャンパーのチャックを閉める者、ヤッケをかぶる者。ロビーでコーヒーやチャイを飲みながらしばらく待つ。バルーンに乗ることができる嬉しさを語り合う。

六時過ぎ。いよいよバルーン離陸地へ。ロッジから10分足らずの所に、赤、黄、青の縞模様の気球が大地に広げられてあった。思わず「でっかいなあ」と奇声を発する。パイロットたちの説明、ジョージの通訳で着地姿勢を念入りに聞き、いよいよ待ちに待ったバルーン・サファリの開始だ。胸が高鳴る。白々と夜が明ける。地平線のかなたから日が昇る。雄大で壮厳な自然の一瞬だ。

七時十分。バーナー点火。ものすごい燃焼音とともに大きな火焔。二機の送風機で熱風を送り込む。みるみるうちにバルーンがふくらみ始める。カメラに収めるには、かなり遠くからでないとだめ、それ程大きいのだ。バスケットの重量500kg、12人乗りだと1人60kg平均として60×12＋500＝１２２０kg。バーナーの重さもあるので、かなりの重量を持ち上げるわけだ。風船が飛んでいくのとはわけがちがう。引きずられだすと人間の力ではどうしようもないのだ。それ程大きい。横たわっていたバスケットが起き、次々と搭乗。バスケットはもう浮く寸然の状態。スタッフがバランスをとっている。まだ、離陸しない。あとの1機ははやくも空高くふわーっと上がって行ったというのに。あっあっ、我等のバルーンも、あっあっふわー。ガイドのジョージが急に小さくなる。すーと上がった。無事離陸したのだ。バーナーからは激しい火焔を放出。「やったあ！」みんな大喜び。曽我部隊長はにんまり。さわやかな朝の光を浴び、快い微風に乗ってバルーンはゆっくりとタンザニア方向に進んで行く。

マサイ・マラはナイロビの南西260㎞、車で約4時間。南はタンザニアのセレンゲティ国立公園に続いていて、動物の種類と数ではケニヤ最大の動物保護区という。乾期の五～六月になると、草を求めてタンザニア側からヌーの大群が大移動して来て、一～二月ごろ再びタンザニアへ戻る。マラ川をヌーが渡る凄まじさはテレビで見たことがあるが、実に驚嘆してしまう映像だった。バルーンは音もなく飛んでいる。地上に近くなると、バーナーに点火して空気を暖める。再び、上空へと上がる。そのタイミングもしばらくするとつかめ、余裕がでてくる。動物の行動にやっと目を移すことができた。

僕が最初に見たのは、イボイノシシだった。数頭のファミリーで生活しているのをよく見かけていたので、すぐわかった。大変珍奇な顔かたちをしていて思わずふき出してしまう程おもしろい。首が短く顔全体がペチャンコで長い。漫画のウマのようだ。顔の両側には、わけの分からないイボかコブのような肉質の突起物が4つもある。もちろん、バルーンからはこんなに細かく見ることはできないのだが、親子数頭が一列縦隊となって、草原をかけている様子で、すぐイボイノシシだとわかるのだ。おどけて愛嬌ある走り方だ。

次はインパラの群れだ。二年前のタンザニア・セレンゲティでのサファリでは、あまり見かけることができなかったのだが、今回は、いくらでも見ることができた。林に近い草原に20~100頭の群れで生活し、葉と草の両方を食べる。しかし、あの有名なジャンプが見たかったのだが、とうとう見ることができなかった。

インパラは大変優美な動物だ。特にオスだ。オスの角は、長さといい、形といい竪琴のように美しく、のびやかな四肢としなやかな身体によくマッチして、気品があり凛々しい。赤みがかったかっ色を基調に、白と濃い栗色の2色を配し、3色染めわけの毛も素敵である。

バルーンから見るインパラの群れは円陣を組んでいるようであった。いつも敵を意識しているのだろうか、近くにトムソンガゼルの群れがいた。とにかくかわいい動物だ。メス、オスともに角があり、横腹に太い黒線があり、短い尾をふっている肩高55cm程の小型のガゼル。

インパラの角が弯曲しねじれているのに比べ、トムソンガゼルの角はスーと真っすぐに伸び、竹の筒のような節があり、先端はいく分前に向いて鋭い。子鹿のように愛らしく、快速動物だが、100m~200m程走ると立ち止まりふり返ってみる。敵との距離を確かめているようである。そして、あの小さな白い尻についている尾をふりふりするのだ。数10頭の群れもあるが、数頭の小群もある。スマートだ。

バルーンは風に乗って快適だ。緑の濃い草地に近づく。湿地帯で昨夜の雨のためか水溜まりがあった。パイロットはその水溜まりにバルーンが映るから写真を撮るといいと教えてくれた。そんな暇はなかったが、真下を見下ろすとサッーとバルーンの姿が水面に映った。一瞬の間だったが、印象的で今も瞼に残っている。

目を遠くにやるとかっ色の草原とそれに続く青い空がかぎりなく広がる。前を行くバルーンと地上に映る小さな影を我らがKEN-SOGA-Ptyのバルーンの影が追って行く。

セグロジャッカルだ。昨日（八月六日）のサファリ中だったかバルーン・サファリ中だったか記憶がはっきりしないが、腐肉に群がるハゲワシを押しのけて食事をとっていた。その時の凶暴な姿は今も忘れない。血の色がまだ鮮やかなあばら骨に残っている肉を喰いちぎっていた。トムソンガゼルの近くをうろうろとしているジャッカルは、狩りをしようとしているのだろうか。とにかく落ち着かない動物だ。

ハイエナがさーっと過ぎていく。大きい頭、太い首筋、筋肉のたくましい肩、がっしりした身体で獰猛な獣だなあと思う。ジャッカルと同様、単独で行動している時しか見たことがないが、ゆっくりとうろついている姿に凄みがある。

バルーンは相変わらず気持ちよく飛んでいる。バーナーからの火焔もどことなくのどかに感じられるようになった。時計は七時五十分を少し過ぎていた。半分くらい終わったのだ。ヌーやシマウマの姿が少ないなあと思って、前方を見ると、小さな黒い点が数え切れない程あり、先行のバルーンの火勢の音で、両方にわかれてはまた止まった。ヌーだ。ヌーの大群だ。どのくらいの数だろうか？　すごい群れだ。実に感動的だった。ひたすら草を喰んでいる。バーナー音にびっくりして逃げるのだが、それもつかの間。平和そうに喰べている。しかし、事故があって分かったことだが、自然保護の立場から、バルーン・サファリに反対している団体があるということだ。確かにバーナーの音は激しく、動物たちにとっては恐怖である。安心して住めない。心臓にも悪く、早晩、異常行動に走るのではないかと危惧するのは自然保護団体の方々ばかりではなく、一度でもバルーン・サファリを体験した者には実感として納得してしまうだろう。

そんなこととはつゆ知らず、先行のバルーンの発する燃焼音で逃げるヌーの走向がいかにも草食動物らしくある一定の方向に皆そろっているのに感心したりもした。そして、僕たちのバルーンが行く頃には、眼下にはヌーがいなくてシャッターチャンスがないなあと不満に思っていた。それにしても、これ程たくさんのヌーの群れを空からながめるのは実に壮観だった。素晴らしい眺めだった。

約50分間飛行を続け、その後は、大草原の中に用意されていた朝食をとり、陸上サファリしながら、マラ・セネラ・ロッジに帰る予定だった。それが………それが………あんな悲惨な事故になろうとは、誰一人思わなかったし、今も僕は信じられない。

多いバルーン事故

今、思い返してみても、あの事故は明らかにパイロットの操縦ミスか、バルーン自体の故障によるものであると僕は思っている。

バルーン・サファリは絶対安全だという売り込みだが、今さらながらに〝絶対〟ということはないと痛感する。事故があって、ナイロビでいくらか情報を集めてみると、意外とバルーン事故はあるらしい。手足の骨折、ムチ打ち等。しかし、あまり問題にされなかったようだ。今回のような大惨事さえ、新聞に一行も報道されなかった。

※この文章は、科学教育研究協議会編集／新生出版刊『理科教室』（一九九〇年八月号No.415）への掲載文を一部訂正・削除したものです。

# 第三章　ピースボートの船旅――北東アジア歴史航海――

## （一）ピースボートに乗る

二〇〇二年八月十五日～三十日の16日間、残暑厳しい夏の終わり。第38回ピースボートの船旅に参加した。南北コリア・サハリン・クナシリという普通では行くことの困難な国や地域への船旅。日本海を北上するというのも魅力で申し込む。ピースボートは、一九八三年以来、「過去の戦争を見つめ、未来の平和をつくる」をテーマに、「国際交流の船旅」を企画・運営している非営利のNGO。いかなる政治・宗教団体からも独立したスポンサーなしの自主運営で15回の地球一周の船旅を含む37回のクルーズを実現。国連からも特別に、国際平和交流団体の一つとして認められ、その活動は多義にわたる。

これは、戦後五十七年（現在は戦後ではなく戦前と認識すべきか戦中と呼ぶべきか）を経ての「北東アジア歴史航海」であり、僕の交流学習日記である。

八月十五日（木）晴れ。午前四時五十分起床、朝食。父亡き後、母と二人暮らしなので心配だが、六時に出発。膝を病んで階段の昇降が難儀な母のために素人大工で手すりを付けたのがせめてもの孝行と一人合点して、新幹線に乗る。

神戸港第4突堤ポートターミナル3階に着いたのは、八時二十分頃だが百人近くの人たちが集まっていた。皆ラフな姿でTシャツにジーンズ姿の若者たちが多く、年配の人もリュック姿で飛行機の旅とはずい分と待ち合い室の雰囲気がちがう。もっともお金持ちの豪華な船旅を想像していたわけではないが、どこかキャンプにでも行くような気軽さに僕は戸惑った。常連の人もいるようだ。「やあ、またお会いしましたね」なんて言ってとても親しくあいさつを交わしている。グループで参加している若者たちは、メールを送りながら賑やかに行動予定など話し合っている。雑然とした中にある一つの思いが感じられ、気安さと一種独特の緊張を味わい、今までの旅行とはかなり異質の体験ができるといささか興奮したのであった。

ピースボートのスタッフの指示により、出国・税関等の手続きを済ませる。いとも簡単なので驚いた。乗船の際、ロシア民族衣装をまとった楽団員が賑々しく迎えてくれたのだが、どこか侘しく感じられた。ピースボートと専属契約している使用客船はオリビア号。一万五千トン余で乗客定員は七六〇名。2つのレストランに6つのバー、映画館やプール、診療所などの設備も充実している大型外航客船でウクライナ船籍。出迎えの楽団員たちの演奏もむべなるかな。

僕の部屋は、左舷側前方にある二〇一二号室で窓があり海が見える小さな4人部屋。

同室となった人は、高校の社会科教師で現代史専門のTさん、二日程前世界一周の船旅を終えて、引き続き乗船するという七十九才のSさん、そして仕事の合間に自主映画の製作もするというFさん、彼は北・南回りの世界一周旅行も経験している常連組の一人。このキャビンを根城に四人四様の船旅が始まるのだ。

溢れ来る情報ニュースの真なるか近くて遠き未知なる国へ
我が意識の及ばぬ果ての国なれど古へよりは交はり来しくに
「悪」と呼び憎みて狙ふ陰謀か国家は知らず人とし会はむ

十一時半より出航式があった。コメディアンの福島氏が司会でお祭り気分。船長のあいさつに水先案内人（水案）の高橋氏（放送大学助教授）のあいさつに続いて、落語家の古今亭菊千代師匠の話。ハングルで落語をやるという決意表明あり。その心意気は高く、やる気満々、熱気を感じた。旅行中、何度か話すことができて幸運であった。その後、シャンパンで乾杯。しかし、シャンパンが来ない。音頭取りのみシャンパンを飲み干し、デッキに並ぶ船客にはしばらくして配られるというハプニングで出航式は滞りなく終了。五色のテープを岸壁に残る見送りの人に投げて、出航の汽笛が力強く鳴る。五色のテープに繋がれた行く人・残る人。しだいにテープは切れて垂れ下がり、いよいよ海の人となる。ふり返り見る神戸の街。赤きタワーに白き帆型のビル、新神戸オリエンタルホテルが真夏の光を浴びて反射する。くっきりと見える六甲の峰々。国際都市神戸港を色どるコンテナの列。船はゆっくりと紀伊水道を南下して行く。

## (二) 関門橋を越えて

八月十六日（金）快晴なり。七時前起床。寝ている間に関門海峡を通過したのではないかと思っていたら、今日の八時半頃通るらしいと同室のTさんから教えてもらう。朝食は腹八分目。船酔いを心配しての食事。みそ汁に納豆、海苔と梅干しと僕には嬉しい。航海の間中、食事には心配することがなかった。聞くところによると最初の頃は粗末な洋食でサービスも悪かったらしい。社会主義体制のソ連が崩壊し、数年前はお互いの意志疎通にかなりの時間と労力を費したとか。コック長に日本人を起用し、日本人の体質に合った、日本人好みの料理を提供できるようにやっとなったとか。もちろん、ウエイター、ウエイトレスはロシアの人である。簡単な日本語のあいさつくらいは皆できる。サービス精神も培かわれてきたそうだ。船員も含めて千人近い船の旅。三度三度の胃袋を満たす料理を作るのは大変であろう、調理場はきっと戦場にちがいないと思いながら食事を楽しんだ。

甲板に出る。船首の方に向かう。数名の人が陣取っていた。左に九州、右に四国を、前方に少し離れて壇之浦が霞んで見える。朝の光を浴びながら我らがオリビア号はゆっくりと周防灘を北上する。潮流潮速を示す電光掲示板が「E7↑」と規則正しく明滅する。つまり、海峡の潮流は西より東に流れ、7ノット、加速中という意味だ。昔も今も難所である。流れに逆らってゆくのだ。船は大きくゆっくりと海峡めざして左旋する。源平合戦ゆかりの地、後方に千珠万珠の島影を残して関門橋の真下にさしかかる。橋の影が一直線に海に落ち、一段と青く、船は白波を立てて海峡を越える。龍宮の如き赤間宮もくっきりと見える。不思議な感慨に浸っていると、「おーい」と大声をあげて旗を振る初老の女性。カラフルなバンダナを頭に巻いて海賊姿で威勢がいい。門司側のめかりに知人がいるということで合図を送っているのだ。近くの人を巻き込んで知らせているのだが、岸にいるはずの当の知人がいない。皆、加勢して「おーい」と叫ぶのだが結局ダメ。笑って解散となった。僕はしばらく残って、下関の港や巌流島、響灘へと続く工場群を見続けた。

目覚めれば壇之浦近しと人の声急ぎ駆けゆく甲板の上
駈け上がれば汗にじむ頬に涼しかり朝明けて渡る海峡の風
潮騒ぎあや増して流るる海峡を溯りゆく朝鮮への旅

ピースボートの魅力の一つに、ジャーナリストや作家、大学教授などの専門家による船内講座がある。朝から夜までみっちりあって大学の集中講座並みだ。航海中に僕は13の講座を受講した。疲れて眠りながらの聴講もあったが、どの講座も真剣で学びとろうとする熱気で満ちていた。無知が罪であることを知らされた毎日であった。

## (三) 元山入港

八月十七日(土)六時十五分起床。曇時々小雨、後晴れ。雲はとても低い。日本海を朝鮮半島沿いに北上して北朝鮮(彼らは南鮮を韓国と呼ぶなら、北鮮を共和国と呼ぶべきだと主張する。正式には朝鮮民主主義人民共和国、略して共和国。国交がないばかりか、日本国政府は、国としても認めていない。ここに拉致を含むさまざまな悲劇が生じている。)の玄関口、元山に入港する日だ。前日のミュージックサロンでの講座「朝鮮半島はなぜ分断されたのか?」は僕にとって新鮮であり、驚きであった。水案は、東京国際大学教授で軍事ジャーナリストの前田哲男氏。彼は、「もし、八月十五日の十日前にポツダム宣言を受諾していたら、戦後のあらゆる悲劇は起こらなかったであろう。なぜ、八月十五日まで延びたのか?」という問題意識をもって熱っぽく語った。

一九四五年三月十日、東京大空襲が始まり、次々と街は焼かれ灰燼と化す。B29からの焼夷弾を浴びての阿鼻叫喚の地獄絵。四月には沖縄本島に米軍が上陸、守備隊は全滅、島民も激しい砲火をあびせられて死傷者続出。五月七日にはドイツが無条件降伏をしているのに。さらに、七月下旬にポツダム宣言の発表。しかし、時の内閣鈴木貫太郎首相は黙殺声明を出し、亀裂は決定的となり、孤立無縁になったばかりか、相手国（連合国）に深い絶望と疑念と憤怒を抱かせたのだ。そして、八月六日、広島に世界初の原子爆弾が投下された。「もし、八月四日か五日にポツダム宣言を受諾していたら……。」前田氏の痛恨の思いがひしひしと伝わる。八日のソ連の参戦も、九日の長崎の惨劇もなかったであろうし、米ソの対立による朝鮮半島の分断も起こらなかったであろうに……。僕は、その一言一言を思い返しながら、日本海をながめた。船は確実に元山港に向かって航海しているのだ。

半世紀を生きて今知る歴史の虚実船はゆったりと白き港へ

現地説明会は同じく前田氏。小プールのあるネプチューンバーの甲板で、「歴史を追体験する現場講座」と題して約四十分間。一九五〇年に勃発した朝鮮戦争の時、大活躍（？）した日本の海上自衛隊の掃海艇（機雷を撤去し、航路を安全にする）の話やアメリカの船が元山で捕ったのに、今はなぜか平壌の大同江に係留されている謎など日頃触れることの少ない話で興味深く聴いた。そぼ降る小雨に濡れながら元山港を遠望した。元山は、美しい港湾文化都市で、30階以上のビルが建ち並び、イタリアのナポリやアジアの香港にたとえられるとか。しかし、時が止まったような静寂な港であった。

赤錆びて人無き漁船の繋がれしままに四艘朝靄の中

## (四) 平壌、再び

突堤に列なして集まる子らの見ゆ朝日耀ふ波の間に間に
境なき海を渡りて朝日差す朝鮮《チョソン》の国に降り立たむとす
集まり来し人も子どもも浅黒く手だに振るなく見入る我等を

元山港は時が止まったように静かな港だった。停泊している船も少なく、いずれもペンキがはげていてみすぼらしい。人もあまり見かけない。緑の山を背に30〜40棟の高層ビルが建ち並び、木々に囲まれて美しいが、平地部に建っている五階建てのアパートは、屋根が古くなっていてきたない感じがした。少し離れて造船所もあるらしい。溶接の青白い炎が時折り見える。めったにないことであろう、豪華な白い大型客船がやって来たので、町の人や子どもたちが物珍しく走って港岸に集まって来た。じーっと見ているだけである。

入国手続きを済ませて下船。朝日の鮮やかな美しい国という朝鮮の地を踏む。二度目の訪朝だ。十数台のバスに分乗して、約200km離れている平壌へと向かう。三菱フソーのバスもあった。高速道路は、4車線あり広い。しかし、車といえば、トラックと軍人を乗せているトヨタの乗用車くらいなもの。人々は徒歩である。道端に座って休んでいる者、寝転んでいる人もいる。灰色か青の無地の服で地味である。軍人さんは、茶緑色の詰襟の軍服に軍帽をかぶっているのですぐ分かる。軍民同居の戦時体制下の国なのである。

のどかな田園風景の中をバスは走る。トウモロコシ畑がゆるやかな山間や中腹に広がる。古い伝統的な民家がぽつんぽつんとあったり、一か所に軒を連ねて村を作ってあったり、人民は毎日農作業に草刈りにと日の暮れるまで働いているのだろう。山の頂上まできれいに刈り込みをしているところが多い。この辺りを見る限りでは、〝飢餓の国〟とは思えない。しかし、貧しい印象は拭えない。

途中、ダムのある景勝地で休憩をとった。十数人の朝鮮の観光客がいたが、ほぼ九割を越えてピースボートの船客ばかりであった。色鮮やかな花に飾られて立派な石碑があった。石碑にはハングルが彫られてあり、赤く塗られていた。ガイドの金さんによれば、「金日成首領様がここを訪ねて、この地にダムを造りなさいと命ぜられた。そして、立派なダムができた。云々……」という内容らしい。ダムといっても高くなく、ちょっと大きな池を塞き止めているというものであった。休憩所には、シイタケやニンジン、サルノコシカケ等の乾物が売られていた。自動販売機もあり、日本のサッポロビールもあった。蜂蜜ジュースが150円で売られていた。中国製のカップ麺も取り揃えていた。

平壌に近づくにつれて、コンクリートからアスファルトの道へと変わり、快適になった。「平壌の街が見えますよ」という車内アナウンスがあり、目を前方に向けると緑の中に超高層ビルが林立する平壌の街が見えた。七年ぶりの訪問である。

平壌は、朝鮮民主主義人民共和国の首都であり、大同江を母なる川として開けた「平らな土壌・静かな地帯」で、朝鮮最初の封建国家・高句麗の国都で千五百年の歴史を有している。しかし、日本帝国主義による朝鮮の植民地化政策での受難の歴史、そして祖国解放の革命闘争へ。一九四五年八月十五日は、日本にとっては敗戦であり悲しみであったが、朝鮮人民にとっては三十六年間もの長きにわたって屈辱恥辱を受けた日本帝国主義の軛からの解放の日であり、喜びであるのだ。しかし同時に、日帝軍隊の武装解除のために南朝鮮を占領したアメリカによる北鮮の侵略＝朝鮮を足場にアジアの侵略をもくろむ米帝への闘いでもあった。ソ連の後楯もあり、朝鮮半島は二分された。解放と同時に祖国分断の悲劇を被ったのである。その時から平壌は革命の首都として蘇る。金日成を主席としての国の再生。初めて平壌を訪ずれた時、「美しい街だなぁ」と正直に思った。〝公園の中の都市〟と呼ばれるのも納得できた。近代的な高層ビルばかりではなく美術館、博物館等の文化施設やスポーツ施設、学習堂などどれを見ても美しく立派であった。人口二百万を超す近代都市平壌は、北鮮の政治、経済、文化教育の中心地であり、朝鮮の人々の革命と建設、祖国統一への偉業を成就しようとする街である。

境なき海原はるか渡り来て平壌再び残照の中

（五）近くて遠い人々は……

八月十七日（土）～二十日（火）までの三泊四日を平壌で学んだ。都心を流れる大同江の中洲である周囲7㎞の羊角島に一際高く天に聳える43階建ての現代的超高層ビルの羊角島ホテルを拠点として、ピースボートならではの民間レベル（と言っても北朝鮮は政府によって全て統制されているのだが）の交流が繰り広げられた。部屋は24階の19号室で、埼玉から来たHさんと行動を共にすることになった。彼は、昨年もピースボートの船旅で南北コリアを訪問したというリピーターの一人だった。部屋の窓からは、平壌市内が一望でき、Hさんの持っていた市街地図と比べながら街をながめた。

夕靄の中に浮かびし再びの平壌の街に明かり灯りぬ
大同江河畔を歩く人絶えて街に明かりのうつすらと見ゆ

その夜は、五百人を超える熱烈歓迎大夕食会があった。日朝それぞれの代表がやや長いあいさつを交わし、乾杯。平壌製造の酒、アルコール分40%で口にふくんだだけでカッと身体がほてる。食事は野菜、肉、魚、なんでもありで唐辛子が効いていて少し辛いがおいしい。キムチは控えたのだが、約一週間、コリアに居たので身体全体が唐辛子漬けになったみたいだった。とにかく、食事は余る程豊富にあって、飢餓とは無縁であった。民族衣装を着た接待役の女性も皆美しかった。

二日目。朝から暑かった。日曜日なので人通りも少ない。午前中は市内見学、午後は板門店に行く。これが今日のスケジュールだ。初めて訪朝したのは戦後五十年という節目の年で、しかも、金日成主席が逝去して一周忌だったので、民族統一へのさまざまな行事とともに街は、人々は、未だ悲しみの中にいた。あの巨大な主席の銅像の前にはいくつもの献花がなされ、跪いて泣いている女性も見かけた。隊列を組んで行進し、最敬礼をして去る軍人たちもいた。あれから七年、平穏な日常そのものであった。

抗日革命闘争期と社会主義革命・社会主義建設期を表現している万寿台の大記念碑を見ながら朝鮮革命博物館の見学が始まった。90余の陳列室があるので大急ぎで見て回る。圧倒的資料に驚きながら、日本の加害責任について改めて考えさせられた。大変流暢な日本語で解説をしてくれたので理解しやすかったが、彼女は「日本にされたことは骨髄まで恨みが滲みているんです。イギリスやアメリカ、日本から攻められてきた朝鮮を自分たちの手で取りもどそうと団結を呼びかけられたのが金日成主席なのです」と。そして、にこやかに微笑みながら「日本の人々ではないですよ。日本の国として、政府としての罪ですね」と付け加えることも忘れなかった。

較ぶべきことにあらねど朝鮮の離散家族は一千万を超すと
強制連行従軍慰安婦離散家族今に耐え忍ぶ恨の歴史を

外に出て、金日成主席の巨大な銅像を見上げる。朝鮮の人の立場、気持ちになってみると心は熱く騒ぐのであった。振り返り見る市街の美しさ。シンメトリーに近い整備された緑の中の都市＝平壌を誇りに思うのも頷ける。パリ凱旋門より10m高いというケソンムン（凱旋門）に「1925」「1945」の年代が刻まれているのも「ああ、そうなんだ」と思い知るのであった。その後、大同江東岸に高く天を貫くチュチェ思想塔を見学して、地下鉄乗車体験。この地下鉄がまた凄い。モスクワの地下鉄同様、地下宮殿を思わせる豪華さ。駅名はと言えば、「戦勝」とか「凱旋」とか「烽火」とか「建国」「統一」「光復」とかいった革命闘争の勝利と国家建設にちなんだ朝鮮人民の誇りを表現している名ばかり。構内の様式もまた駅名と関連しているとのこと。ぽかーんと口を開けて、ため息をつくばかり。

午後は、板門店へ。平壌の南方135kmにある直轄市・開城《ケソン》からさらに東へ8km離れた所。朝鮮半島を人為的に分断している全長240kmの「軍事境界線」をはさんで、それぞれ2km幅の非武装地帯が設けられている。北緯38線上の小さな村、板門店が世界中に知られるようになったのは、一九五三年七月朝鮮戦争の停戦協定にアメリカと北朝鮮が調印した所であり、その後の軍事会議や南北会談などが行われてきたからである。実は、停戦ではなく休戦条約ということで、今なお戦争は続いている状態。板門店は、共和国軍vs韓国軍・米軍の最前線であり、緊張地帯である。アメリカは韓国軍を使って、同じ民族同士を敵対させているのだという。七年前は、南北統一を願う大統一行動があり、北側から南へ熱烈なアピールがあり、熱気に満ち満ちていた。南側には、米兵と韓国兵が見張っているだけであったが……。今回は、実に深閑としていた。米軍の監視カメラが不気味に偵察しているだけであった。

侵略され恥辱に耐へ来し国なれば国守る礎は強き軍隊とぞ

窓ガラス一つ境に覗き見る兵士の顔あり分断の地に

三日目、十九日（月）快晴。半袖で過ごす。月曜日なので人々は職場へ学校へと急ぐ姿が見られ、街は活気づいていた。英国製の2階建バスが走っていてびっくりした。昨日、乗った地下鉄の車両は、ベルリンのものと同じとか。日本製トヨタの自動車も多い。表向きには、日本と国交はないが、結構裏では取り引きがあるのだ。

今日の予定は、平壌外語大見学と学生との交流「ピョンヤンっ子の素顔にふれる」とテーマ別交流会「朝日映画交流」、そして、万景台学生少年宮殿にてコンサート鑑賞、夜はピースフェスティバルと盛りだくさん。紙数の都合で内容は省略するが、それぞれ印象深い思い出に残る学習交流ができた。「近くて遠い国」の人々は、「近くて親しい人々」の住む国なのだと痛感したのであった。

（六）海の三十八度線

めくるめく楽しき北の思ひ出を胸に越えゆく海の三十八度線

洗脳されたのかもしれない。特に、万景台学生少年宮殿でのコンサート。鍛え抜かれた肉体と極限の技が織り成す集中と緊張の感動的舞台、圧倒的パワーと驚異のエンターテイメントの連続、愛嬌のある表情と演技に魂を奪われて恍惚状態。その夜のピースフェスティバル。ピースボート側のヒッピー的とも言える若者たちのパワーの炸裂と北朝鮮側の歌と踊りによる熱烈歓迎とが妙に解け合って、混然一体となってのお祭り、今まで一度も経験したことがない。「歌って、踊って平和を求めるのがピースボートのあり方の一つ」と、ある人が教えてくれたが、「なるほど」と納得。ピースフェスティバルは、サハリンでもクナシリでもそれぞれの寄港地で必ず行われたが、北コリアでの盛り上がりは群を抜いていた。もっとも、どこの国でも、どこの家庭でも、どこの人々でもお客さんを迎える時は、最高の最大限のもてなしをするものだが、国家の後押しがあるので半端ではなかった。夢の世界に迷い込んだようだった。

八月二十日(火)快晴。朝、平壌を出発し、昼間元山港に着き、午後三時出港。汽笛が鳴り響き、別れの音楽が港に流れる。五色のテープが投げられ、船はゆっくりと岸壁を離れていく。岸壁には案内をしてくれた朝鮮の人々と物珍らしくて集まって来た町の人々が別れの手を振る。船旅ならではの印象深い光景であった。船は南下して韓国第二の国際港湾都市釜山へ向かう。

船内で映画「太白山脈」を見る。一九五三年朝鮮戦争の休戦協定が成立するまでの共産主義と自由主義との激しい抗争劇。硬派中の硬派で南北分断の悲劇映画であった。その夜、オリビア号は海の軍事境界線を越えるのだ。甲板に出た。皓皓と夜の海を照らしている灯りが目にまぶしい。イカ釣り漁の集魚灯である。午後十時三十分境界線を通過。ピースアピールを力強く読み上げる。南に入ったのか集魚灯が増してくる。北に遠く去った灯りは波間に見え隠れし、しだいに水平線の下に消えていく。色の無い光と闇の不思議な光景だった。

漆黒の闇夜の海を煌々と照らす集魚灯あやに怪しく

一人デッキに残って夜の海をながめた。数を増していた集魚灯もすっかり消え、海は再び黒々と闇にもどり、不気味であった。八十歳になる母を一人残して出かけた船旅。僕は、何を求め、何を探しているのだろうか。

越えゆかむ越えざる境なき界をともに越えたし幸せ求めて

## （七）釜山にて

八月二十一日（水）六時半起床、晴れ。今日は釜山入港の日だ。乗客の中には共和国（北朝鮮）の人もいて入国できるかどうか、下船が可能かどうか、着岸直後交渉するらしい。さまざまな困難を克服して歴史を切り拓いていく航海なのでぜひ協力してほしいと代表のあいさつから朝の講座が始まった。

先ず、金纓（キム・ヨン）女史の「私の人生と韓国の民主化」。戦争中、日本兵等による残虐な行為と差別を受け、とにかく日本に対して〝恨〟の消えない日々なのに、運命の悪戯か日本人牧師と結婚して来日したという金さん。彼女の人生は日韓の歴史そのもの。苦難な時代に翻弄されながらも、また、ガンに侵されながらも、日韓の掛け橋として常に前向きにエネルギッシュに生きる姿に感動した。日本人の在り方を考え直さなければと思った。

次は、弁護士の内田氏による「『壊憲』状況を憂う」と題しての講義で、固苦しくはあったが知らないことが多く勉強になった。僕は、第九条・戦争放棄の空洞化が急速に進行している現状で、あまり遠くない日に徴兵制が敷かれるのではないかと心配になった。

昼食を終えてデッキに出る。眼前に広がるコンテナの列、港狭しと行き交う船舶、海外船も停泊している。クレーンが林立し、山腹までひしめき建っているビル群。白が多いが、薄緑、薄桃、茶にブルーとカラフルだ。漢字もあり、日本の商社の看板も見え、港の賑わいは日本の国際港とあまり変わらない光景だ。あまりにも元山港と違い、経済格差の現実を目の当たりにして驚愕。戦後五十七年間の違いはあまりに大きすぎるのではないかと思った。

韓国は、初めての地である。知人から「ソウルは安くてすぐ行けるから」と今までに何回となく聞かされてはいたが、なぜか気が乗らなかった。しかし、今回のクルーズで、ソウルではないにしても韓国第二の都市、活気と明るさに満ちたアジア有数の国際港湾都市釜山《プサン》に上陸。ランドマークの釜山タワーが一際白く輝き旅行者を迎えてくれた。午後二時入港し、着岸したのだが、午後五時に下船。僕は、梵魚寺《ポモサ》とピースボート独自企画の米軍基地見学コースを選択した。

中腹まで山を崩して林立するビルの谷間に密集家屋
近づけば排油の匂ひの息苦しネオン眩き釜山の港
人も車もただに忙しき釜山港感傷もなく船を降りたつ

出国審査を終え、バスに乗り梵魚寺へと向かう。市街には十字のある教会が目に付く。クリスチャンが案外多いそうだ。交通網も日本と同様複雑に発達していて、車は多く渋滞しがち。やっと街を抜けて金井山北麓に建つ新羅時代創建の禅刹、梵魚寺に着いたのは午後六時半を過ぎていた。しばらくして夕食。アルマイトの食器でセルフサービス、どこか侘しい。食べ終わると食器をきれいに洗う。少しでも汚れていたらやり直し。修業しに来たようだ。食事が終わると早々に蓮の花作りに精を出さねばならない。ペーパーフラワーであり、真ん中にロウソクを立てて暗い道を三層石塔まで歩く。願いを込めて石塔の回りを神妙な顔つきで巡る。風で先程作った蓮の花に火が付き燃えて慌てる人もいた。僕のも燃えてしまい、願いは夜の闇に消えた。やれやれ、やっと今日一日が終わったと思い、宿坊に戻ってびっくり仰天、部屋の明かりに誘われて羽アリがうようよ集まって来ているではないか。二十畳ぐらいの広さに20人前後の大人が雑魚寝するのだが、この羽アリがこんなにいてはたまったものではない。掃除機で吸い取ったり、ほうきで掃き集めたりの大忙し。おまけにオンドルの部屋ゆえ、座ぶとん2枚で寝られるということで床にごろり。痩せ身の僕には骨身が痛い。床に接しているところは熱くて熱くて。のどは乾くし、鼾は響くし、若者はぺちゃくちゃしゃべるし、とんでもない夜であった。

八月二十二日（木）五時半起床。洗顔するとすぐ朝の勤め。禅武道のいろはを教わる。

これがまたハードなストレッチ体操でしごかれたのだった。禅僧になるわけでもないのにとブツブツ言いながらの修業体験であった。寝不足で目をこすりこすり食べる朝食も格別であった。

羽アリに悩まされて寝るオンドルある狭き宿坊に冴えし月光
朝霞む森に鎮もる梵魚寺に低き読経の声の響きぬ

朝鮮半島を二分しての激しい地上戦が繰り広げられた朝鮮戦争。その時多くの仏教寺院が破壊されたと言う。奇跡的に戦火を逃れた梵魚寺を後に、焦土跡に駐屯した米軍基地へとバスは向かった。日本と同じ課題を抱えていることを実感。また、「統一のためには米軍の存在が障壁になっている」とも。韓国の苦悩もまた深い。

釜山のNGOなどの協力で、街を見下ろす長山米軍通信施設を見学。海抜三百メートル弱の頂上にある通信施設。登るのに一苦労。汗びっしょりになった。足も痛かった。映画「太白山脈」での山中戦闘シーンが蘇り、ゾッとした。頂上に着くとさわやかな風が吹いてきて気持ち良かった。有刺鉄線と鉄のフェンスで守られている通信施設には人影は全くなし。昼夜どんな軍事的情報が電波となって送受信されているのだろうか。足元に揺らぐ黄の花が真夏日を受けて切なく輝いていた。すぐ近くにコンクリート製の監視小屋があった。内に入ってみるとエロ本が二、三冊捨てられてあった。アルコール臭くもあった。横長の長方形の見張り窓からは眼下に釜山の高層ビル街が見渡され、素晴らしい眺めであった。

時に吹く微風涼し長山山頂米軍通信施設監視小屋の中

下山しての昼食は三時だった。その後、副都心に広大な敷地を有すハヤリヤ兵站基地へ行きデモ行動。晴れているのに雨が降ってきた。米軍装甲車に轢死させられた女子中学生のやるせない悲憤の涙であろうか。

（八）サハリン上陸

早、地球が太陽を一回りしてしまった。このシリーズが途絶えて一年。世界は目まぐるしく動き、かつ、地球も激しく荒ぶり、正に激動である。僕自身も新しい職場に赴任し、教師生活の転機を迎えた。さまざまな意味で、今年、二〇〇五年を生きるにあたって考えざるを得なかった。ともかく第一歩を踏み出そう。このシリーズの完結に向かって。とても心配していた木山先生が無事退院されたとの事で本当に嬉しく思っています。

「とべら」の貴重な誌面に寄稿できる幸せを感じながら、歩み始めようと思う。

米軍基地のある悲しみを釜山に知り船は再び漆黒の海へ

八月二十二日（木）夜。電飾とビル街の灯がきらめく釜山港を出て、船は日本海を北上、サハリン（樺太）へと向かった。二日間のクルージング後、二十五日に入港予定。船の旅を楽しもうと思って、眠りについた。

八月二十三日（金）久しぶりの雨。身体がだるい。腹の調子も良くない。昨日（釜山での）の強行軍で疲れがどっと出たらしい。食事を軽くとって甲板に出る。そぼ降る雨の中に霞んで見える島が問題の竹島だと教えてくれる。洋上は単なる「移動時間」ではなく、多彩な船内講座やイベント等がくり拡げられる洋上大学でもある。〝国境〟をキーワードとしてのドイツ―日本研究所研究員のサーラ氏の講座「日露・日ロ関係の歴史と現在」。同時通訳をしながらの朴・高両氏による「サハリンに置きざりにされたコリアンたち」。バーデッキでは、全て手作りの結婚式も行われていた。若者たちのパワーが炸裂した楽しく愉快な式であった。再び、ミュージックサロンでの講座二つ。社会派ルポライター、鎌田慧氏の「国境の両側から」。〝故郷〟をキーワードにクナシリと根室に生きる人々の視点から北方領土問題を考える講座。最後は、国連研究者の河辺一郎氏による「これでいいのか日本外交」と題して、この10年の動きを検証。日頃考えてもいない問題ばかりで、とてもためになり、刺激となったが、船酔いも進行し、頭がくらくらしてきた。

八月二十四日（土）曇雨。本格的な船酔い。一日ベッドで休む。同室のSさんが何かと気遣ってくれて、薬までいただく。有り難い。

八月二十五日（日）。雨も止み、いよいよコルサコフ入港の日。しかし、気力が全くでない。朝食におかゆをと思ってもさっぱり受けつけない。心配していた通りの船酔いで、無理をせず回復を待つしかない。甲板のリクライニングチェアに身体を伸ばす。

霧晴れて碧き海原はるかなりその水平線を飽かずながめぬ
錆びて久しき白き漁船の傾きしままに捨てありサハリンの海

入国下船手続きを終え、サハリンの地を踏んだのは午後四時前であった。サハリンの南の玄関口であるコルサコフ、日本時代は大泊と呼ばれ、稚内からの鉄道連絡船「稚泊《ちはく》航路」が発着し、活気づいていた港。サハリン州第三の都市。一九九一年、日ソ海運協議で、国際貿易港として解放され、一九九九年、コルサコフ―稚内間を新型フェリー「アインス宗谷」が就航し、日本船での定期連絡船が実現。僕が参加している今回のピースボートの船旅は、「近くて遠い隣人たちに出会う」旅。日本から一番近い隣国の人々は……。

フェリー岸壁の引込線には、SL・D51―4牽引の「レトロ号」が待っていた。サハリン観光の超目玉で動態保存されている派手なSLで客車内も赤や黄の極彩色で飾られてロシア式レトロ調。宮沢賢治の名作『銀河鉄道の夜』が着想された所とも。懐しい郷愁を感じる汽笛を鳴らして、よっこらしょと動き出す。井上ひさしの戯曲『イーハトーボの劇列車』を思い出す。このレトロ号で州都ユジノ・サハリンスク（旧豊原）をめざした。アニワ湾に沈む夕日を見ながら。なお、サハリンを走るSLは日本の戦後賠償の一つという。

岸辺近き海に傾く廃船いくつ黄金に輝く夕光の中
廃屋となりし海辺の工場群に沈む夕日の赤々として
廃船のいくつ傾く海を染めて沈まむとする赤き落日
単調なる海岸線を走りゆく汽車は時折り汽笛を鳴らして

船酔いも治まり、SLの旅を一時間程楽しんでユジノ・サハリンスク駅に着いたのは午後五時半頃であった。駅前にはレーニン広場があり、今もレーニンの銅像が立っていたのには驚いた。ともかくホテルに直行。照明は暗いが、きれいに整理された部屋でゆっくりと寛げる。荷物を置いて、徒歩でガガーリン文化公園に行く。国際友好フェスティバル参加のためである。園内は緑濃い散策道がめぐらされて道に迷いそう。同宿の人の案内で着いたのは広いサッカー場で観戦席があり、人々が多勢集まっていた。仮設ステージをＰＢのスタッフが手際よく作る。日本からは、モダンダンスと太鼓を。サハリン側からは、ロシアクラシックバレーと民族音楽と踊り。さらに朝鮮舞踊あり。そして今回の歴史的演奏となるアイヌのトンコリ演奏。涙と汗の熱演であった。この島の先住民であるアイヌ北方少数民族の人たちの歴史と屈辱の思いは……。

八月二十六日（月）快晴なり。一日市内観光コースを選んでいたので、今日はのんびりしようと思った。日本製の車が多く、交通量も多いのに驚いたが、日本統治時代に造られた道路は碁盤の目のように規則正しい。日本の城を思わせるサハリン州郷土博物館（大日本帝国が建設した旧樺太庁博物館）は一日見学しても足りない程の豊富な資料を展示。僕には興味深いチェーホフゆかりの品々もあった。再度、訪れる時があるだろうか？

山の空気展望台からのユジノ・サハリンスク市街の眺望は、広々として雄大で美しかった。その印象を心にサハリンを後にした。

## （九）クナシリ・国後

国後島上陸をめぐって緊張した状況が続いていた。24日と26日に緊急集会も開かれた。外務省から訪問自粛の要請があり、一部の報道では批判が展開されている状況はあるが、今回のピースポートの国後訪問は、日ロ両国の法律にも国際法にも違反しないし、政府による返還交渉にも悪影響は与えない。むしろ、民間外交による多様な交流が必要であり、地球市民相互の友好を深めることが重要かつ急務であるという認識から、外務省が主導する「ビザなし渡航」に「パスポート不携帯」で訪問するのだから、何ら問題はなく正当な訪問であるとPB共同代表の吉岡氏。もちろん、参加は各個人の自由意志に任された。訪問するか船に残るか決断しなければならない。迷っている人もいた。あまり気にしない人もいた。僕は予定通り行くことにしたが、なる程歴史を切り拓いている航海だなと実感した。結局、総勢530名、国籍も日本、朝鮮、韓国、独、英、蘭、露、米国と多様な人々で構成されて、11のコースに分かれて島民と交流、真に歴史的な訪問となった。

八月二十七日（火）七時起床、快晴。朝の光が眩ゆく船室に差し込んでくる。おだやかな海。PBスタッフはいろいろな困難を克服しての国後島上陸である。オリビア号はユジノ・クリリスク港沖に停泊。ロシア漁船があちらこちらで朝の漁をしていた。船の玄関口では、関係者があわただしく交渉・準備等をしている。僕は甲板にある椅子に座わって、国後島をスケッチした。緑の海をへだてて国後の山並みがくっきりと見える。係留中の船で番号が書かれているのは、国境警備隊の船とか。それにしては赤錆びていて古い。ヘリコプターが旋回している。何事であるのか知る由もなかった。

朝明けて緑麗はし国後の我が眼の前に白き噴煙
海はるか上る朝陽の乱反射する霧に隠れゆく国後の島
たちまちに海より湧きて覆ひ来る霧の冷たし国後沖に

朝は晴れてよく見えていた島が、急に雲におおわれだした。オリビア号も霧に包まれてゆく。夏だというのにしんとして冷たい。北の国なんだと実感する。
昼近く、真新しい船に乗って、いよいよ上陸する。僕らのグループは、「材木岩見学コース」で一番乗りだ。港までは十五分足らずで着く。振り返って見るオリビア号のなんと大きいことか。この船で日本海を北上し、サハリンからここ国後にやって来たのかと思うと不思議な感慨にとらわれた。エンジンも軽快に走るこの小舟は、実は、北方四島人道支援事業で建造されたいわく付きの艀「友好丸」である。友好丸は色丹島に贈られた艀であるが、国後島に移され、現在はユジノ・クリリスク（古釜布）の桟橋に係留されていると言う。その友好丸に乗船して、国後島最大の街ユジノ・クリリスクの港に降り立った。村民あげての歓迎で、大人に交じって子供たちも歓迎の横断幕で出迎えてくれた。上陸すると（色鮮やかな民族衣裳をまとった）美しい娘さんが大きなパンを持っていて、来訪者に一切れ分け与えてくれた。とても美味しいパンだった。

待っていた自動車はマイクロバス一台で、後は島民の自家用車に頼るしかないと。四輪駆が多いのは、とにかくでこぼこ道で、上り下りが多いからであろう。アウトドアである。PBの国後島陸上行動プログラムには、「国後島の人々の生活にふれる」とか「若者たちと交流／町の自由散策」とか「北海道に一番近い村・ゴルブニーノ」とか「17キロ温泉と泥温泉体験」とか多彩なプログラムによる国際民間交流外交を組んでいた。

僕は、第一希望に今回の目的でもある北東アジアの現状と歴史について多少とも学びたいと思っていたので、「クナシリの人たちと語る日ロ関係」を申し込んだ。夜は、当時（二〇〇二年）大問題となっていた「ムネオハウス」に宿泊できるので、自分の目で見たかったのである。

案の定、希望者が多く、抽選にもれ、第二希望となった。そのコースは、歴史社会とは全く違う国後の自然の神秘を感じる「自然の造形〝材木岩〟へ」。オホーツク海沿岸を歩いてみたかったからである。同行の人に、中東問題に詳しい放送大学の高橋氏やガンと向き合いながらリュック一つで3年間97か国を訪ね歩いたという牧師の金纓《キム・ヨン》女史もいた。材木岩が国後の観光資源の一つになれば、もっと民間レベルで交流が進むのではないかというのがPBが企画した理由の一つでもあるが、実際行って見て、その壮観さには圧倒された。溶岩が急速に冷えて造り出された30mに達する巨大な材木としか形容のない岩が海から迫り上がっている。見事な柱状節理で、「かつて、知床と国後をつなぐ石の巨大な橋だった」という伝説が残っているらしい。道中、北海道が霞んで見えたが、知床の山だったのだろうか。

宴会に必ず歌ひし「知床旅情」その歌詞にある国後に立つ

昼食抜きのハイキングであり、ユジノ・クリリスクの町に戻ったのは五時近くであった。トラックを改造してのおんぼろバスで、足腰が痛かったが無事「友好の家」(島ではムネオハウスは禁句)に着いた。プレハブを上等にした感じの小ぎれいな建物であった。玄関正面の壁には、愛媛・姫路・新潟・長崎の人々との交流の写真が飾られていた。例のムネオ氏の切り抜き写真も一点あった。大変遅い昼食となったが、やきめしとスープと果物で腹を満たすことがやっとできた。六時のフェスティバルまでには少し時間があったので町を散策することにした。博物館や発電所を見学し、店に寄り、教会を見てレーニン広場へと向かった。人々はもう短い夏を惜しむかのように島をあげての歌と踊りに酔いしれているところだった。

覆ひ来る海霧寒しも国後のレーニン広場に熱き交流

（十）帰　航

八月二十八日（水）七時起床。海はしけていて雨。島は全く見えない。昨夜、「友好の家」等に泊まった人たちを待つ間、オリビア号の船内探険をした。同室のSさんとFさんが十時半頃、友好丸で帰って来た。その艀もオリビア号から離れ、霧の中に消えていった。それ程遠くない港であるが全く見えない。冬は完全に閉ざされた地になるのだろうか。寂寥としてかなしい。そんな感傷は不要かもしれない。午後の講座で「これからどうする北方四島」と題してPB共同代表の吉岡氏は、「みんなが主役で船を出すことの意義を語り、「船に乗り合わせた私たちが、様々な困難にも関わらず、力を合わせて新しい形の民間交流を成功させた事実」が重要なのだと力説。「新たなNGO外交の可能性を提示できた」とも。軍事ジャーナリストの前田氏は、船内新聞ハンズのコラムに「海」と題して、「……自由な海、自由な往来、それによってもたらされる交流と友好。安全保障の基盤はそこにある。……われらはいま〝二十一世紀の海援隊〟なのだ！」と今回のＰＢの国後ビザなし訪問を評価した。ノンポリである僕でさえ、強く心が動かされた事件であった。しかし、実際は、材木岩を見に行っただけなのだが。

八月二十九日（木）。神戸を出航して十五日目。帰航の途に着く。終日、本州東海域の太平洋をクルージング。体調があまり良くないので朝食はおかゆとみそ汁にする。

午前中、最後の船内講座、前田哲男氏の「私たちのための？　有事法制」に出席する。米軍・米国の軍事体制に組み込まれていく、組み入ろうとする法案で非常に危険な事態であり、「法の下剋上」を許すことになると。つまり、国の最高法規である憲法（第九条）を壊し、上位に立とうとする空恐ろしい法案であると前田氏は力説する。そして（神戸港に軍艦が入港できない条例を制定している）神戸市の例を引き合いに出して、地方自治と国とが対等平等であることが民主主義であり、主は地方自治であることを強調した。

午後からは、ＰＢ共同代表である吉岡氏による徹底ゼミ「私たちの国後ビザなし訪問」に参加。参加はいつも各個人の自由意志に任されている。だから、我れ関せずという人も案外多い。反対の人もいるようだ。そこがいいのだ。思想・信条の自由が保障され、楽しみながら歴史を切り拓いている。折りしも、プーチン大統領の「北方４島はロシアの領土」発言があり、日ロの見解の相違を改めて強調したらしい。また、今回のＰＢの国後訪問に横やりを入れた外務省と、訪問に関して日本のあるマスメディアが非難する記事を載せるなどいろいろと物議をかもしていた。それに対しての徹底解説であったのだ。「ビザなし」って何？　どうして外務省は反対するの？　訪問は「愚行」？なとなどの疑問に真剣に、かつ、笑いのある解説にNGOのたくましさを感じた。船内には、南クリル地区の政治社会新聞「ナ・ルベジェー（国境にて）」が二十七日に発行したピースボート訪問団歓迎の号外を掲示し、船内新聞ハンズに、「私たちピースボートは非常に〝大きなこと〟を成し遂げた。あの島に行って、島民たちと交流したという事実は消えない」とコメント。僕にとっても貴重な体験であった。ハンズには、高田屋嘉兵衛のこともあり、不思議なつながりを感じた。というのも司馬遼太郎の小説「菜の花の沖」をジェームス三木が脚色し、わらび座で舞台化した同名の『菜の花の沖』倉敷公演の実行委員として関わったこともあったからだ。

　甲板に出た。船は夏の太陽が強く照りつける海を南へ南へと快速に進んでいた。その夜、若者たちのエネルギーが炸裂した。満天に輝く星々の下でお別れ祭「フェアウェルライブ～夏到来～」が息をもつかぬスピードで疾走した。和太鼓とモダンダンスの競演、ロック演奏、浴衣姿の艶やかな女性による振る舞い酒を飲みながら見る今回のクルーズのハイライトショー。そして、夜空を焦がす数々の花火に拍手喝采で大いに盛り上がるや甲板の照明が全て消されて、見上げれば、遮るもの一切なき満天の星。しばらく見惚れる。天の川をこんなに鮮やかに見たのも初めて。今も脳裏にくっきりと蘇る。人間はどうして戦争を繰り返し繰り返し続けて来たのだろうか。そして今も続き、未来も繰り返されていくのだろうか。

一つだに遮るものなき海の上いとほしきまでに星のきらめく

明日はいよいよ晴海港に帰る。ＰＢは次なるクルーズ「第40回地球一周の船旅」に出る。その説明会が「夏到来」の前になされていた。同時に甲板では洋上夏祭りが開催され、のど自慢あり、ファッションショーあり、アームレスリングあり、かき氷の早食い大会あり、盆踊りありでとにかく楽しく、青春を謳歌していたようだ。（残念ながら再度の船酔いで僕はひっそりとしていた。）それに続く「夏到来」であったのだ。それは正に熱い熱い夏の到来であった。神戸港を出てちょうど十五日間、実に多くの講座に出、現在最も問題となっている国や土地を訪問し、民間レベルで交流し、学ぶことができた数々の体験をふり返りながら、デッキに立ち、半ば放心状態で夜の太平洋をながめた。海は銀色に輝き、非常な冷たさを放っていた。

漆黒の海はるかなる水平線に光放ちて上る満月
澄み透る月かげ怪しく海遥か茫漠として水平線を見ぬ

八月三十日（金）快晴。東京晴海港にて下船。ピースボートは記者会見を開き、今回の「国後ビザなし訪問」をめぐっての誤った批判と外務省からの不当な圧力に強く抗議。「日ロ民間交流の新たな可能性のために」という声明を発表（八月二十九日付オリビア号船内で）した。

# あとがき

「赤澤さん、アフリカに行かない？」と曽我部さんから突然誘われたのは、仙台駅改札口近くの喫茶店であった。一瞬、返事に困ったが、ちょうど自分を変えたいと思っていた頃だったので、「アフリカ？　うん、いいよ」と応えてしまった。すかさず曽我部さんは、「行くと思った」と安堵の声。どうも僕に狙いを付けていたようだ。一九八七年の春、極地方式研究会——今は亡き高橋金三郎先生や細谷純先生たちを中心に、「すべての子どもに高いレベルの科学をやさしく教える」という目的の達成に向かって、日夜努力し実践を積み重ねている優れて独創的な教育研究団体（以下、極地研と略す）——主催の三月学習会が終わって、帰りの新幹線を待つ寛いだ時間でのことであった。

八月、成田空港を発ち、ロンドン経由でナイロビに着く北回りのコースでアフリカはケニアへ。初めての海外旅行で、何もかも珍しく、未知なるものとの遭遇と驚き、発見と感動の連続ですっかり海外旅行の魅力に憑り付かれてしまった。以降、母の介護が始まった二〇一四年までの二十七年間に訪れた国は十五カ国、再訪した都市は五都市。単なる観光に終らせたくはなかったが、振り返ってみると物見遊山の域を出ていなかったように思う。それでも、多くのことを学ぶことができた。

この歌文集『命運』は、二度もアフリカに誘ってくれた僕の尊敬する尼崎の中学校理科教師曽我部教子さんを偲んで纏めたもので、アフリカ詠と極地研の開催する学習会や研究集会の前後に訪れた旅行詠が中心である。曽我部さんは、極地研の草創期からの会員で多くの優れた実践を報告されていた。一九八九年、第二次アフリカ旅行（カラチ経由の南回り）の時も、『理科教室』に掲載する実践報告の原稿を持って搭乗し、機内で推敲していた。僕は呆れて見ていたのだが、その姿と、「赤澤さんも『理科教室』に書いたらいいのに」と勧めてくれた優しい声とを、生涯忘れることがないであろう。

八月七日、マサイ・マラでの夢のようなバルーン・サファリが一転して地獄と化した着地失敗事故。その後のことを思うと居たたまれないが、絶望の淵から這い上がり、天職である教師復帰を果たした曽我部さんは僕の生きる指針でもあった。拙い歌で大変申し訳ないけれど、どうか読んでください。

曽我部さん、本当にありがとう！

また、この歌文集は、〝わが学びの旅〟の記録でもある。どちらかと言うとノンポリである僕は、〝何でも見てやろう〟精神だけは旺盛で国内外を自分の興味と関心の趣くまま気儘に旅行してきた。力量不足で歌に詠むことがなかなかできなかったが、その時々の見聞は文章に綴ってきた。幸い、赤穂短歌会「とべら」の主宰であられた故木山正規先生（現代表は尼子勝義氏）の勧めもあって、会誌「とべら」に快く掲載させていただくことができた。有難く幸せなことであった。その文章をそのまま転載することにした。合わせ読んでいただければ、望外の喜びである。

最後になりましたが、唯一、歌の拠り所であった「ケノクニ」で選歌していただいた先生方やお世話になった方々に、また、出版にさいして今回も温かく適切なアドバイスをいただいた一莖書房の斎藤草子さんに感謝するとともに、厚く厚くお礼申し上げます。

二〇一八年三月二十六日

赤澤　潔

〈著者略歴〉
1953（昭和28）年1月、岡山県倉敷市に生まれる。1978年、岡山大学教育学部卒業。同年5月、岡山市立雄神小学校に講師として初めて教壇に立つ。一端退職し、1979（昭和54）年5月から倉敷市の公立小学校6校に教諭として勤務。また、極地方式研究会の会員としてテキストを使っての実践をし、夏の定期研究集会に報告。優れた創造的な教師たちに出会い、大きな影響を受ける。さらに、「学びの旅」と称して国内外を旅行する。2013年3月、定年退職。2014（平成26）年3月から母の介護に従事する。

短歌の大部分は、群馬・ケノクニ短歌会で選歌していただいた。文章は、主に兵庫・赤穂短歌会の会誌「とべら」に掲載させていただいたものである。

現住所
〒712-8001　岡山県倉敷市連島町西之浦153

歌文集　命運　――友を偲ぶ――

2018年5月15日　発行

著　者　赤澤　潔
発行者　斎藤草子
発行所　一莖書房
〒173-0001　東京都板橋区本町37-1
電話 03-3962-1354
FAX 03-3962-4310

組版／四月社　印刷／日本ハイコム　製本／新里製本
ISBN978-4-87074-211-6　C3337